KB276230

밝아 오는 **태양**은 찬란히
온 세계를 비추고

김 영 임 신앙시집

신세림

밝아 오는 태양은 찬란히 온 세계를 비추고

김영임 신앙시집

머릿말

쉬는 날이 많아,

마침 우리가 젊은 스무살에 겪었던 10.26사태 영화가 개봉이 되어 '그때 그 사람들' 이란 영화를 보게 되었다. 박정희 대통령의 시해 사건을 다룬 영화이다.

나는 지금 10.26사태에서 12.12사태 그리고 5.18 광주사태로 이어져 민주화가 이루어지는 순간 순간들을 기억으로 가슴에 묻어 두었던 이야기를 꺼내 소설을 써가고 있다.

어렸을 적부터 글쓴이로 길러졌던 자화상 적인 실화 소설을 집필 중이다.

다소 늦은 감이 있으나 5.18 광주사태를 쓴 참여시 한 권 분량 원고 뭉치를 경찰에 빼앗기고 다시는 쓰지 않으려고 생각했었다.

그런데 중, 고교 대학생들에게 민주화 과정을 교육시키는 자료가 없어 충분치 않다는 사람들의 요구에 의해 한올 한올 그때의 그 시절의 이야기꽃이 우리 집안에서는 피어나고 있다. 얼마만큼 시간이 지난 후 이 시집은 「망월동에 핀 진달래 철죽꽃」 소설이 나오기 전에 쓴 신앙시집이다.

그때에 떠도는 영혼이 천국에 안주할 수 있도록 기도하면서 썼다.

때마침 시집과 산문집 두 권의 책이 나오게 되어 매우 기쁘다. 많은 사랑을 받고 읽혀졌으면 하는 바람이다.

국민 여러분! 큰 사랑에 감사합니다.

작가 김 영임

차례

머릿말 … 5

제1부 _ 영혼의 대화

새봄 …………………………………………… 14
만남 …………………………………………… 15
생명의 길 …………………………………… 16
미사 …………………………………………… 17
영혼의 대화 ………………………………… 18
맑은 햇살 …………………………………… 19
이라크 전쟁 ………………………………… 20
약수터 ……………………………………… 21
제사 ………………………………………… 22
생일 ………………………………………… 23
부활 ………………………………………… 24
신록의 푸르름 ……………………………… 25
오월 ………………………………………… 26
성모성월 …………………………………… 27
꽃잎 ………………………………………… 28
맑은 하늘 …………………………………… 29
성심 성월 …………………………………… 30
상아의 계절 ………………………………… 31
초록빛 물결 ………………………………… 32
마음의 창 …………………………………… 33

제2부 _ 정신적인 사랑

믿음 그 위에 사랑 ·······································36
미소···37
비···38
씨 뿌리는 사람 ······································39
휴가···40
정신적인 사랑 ··41
(비바) 성모 마리아 ··································42
유니버시아드···43
가을이 오는 소리 ····································44
가을에 기도 ···45
그리움··46
가을 뜨락 ···47
서늘한 바람 ···48
단풍잎 ··49
감사···50
재신임 ··51
출장···52
갈색무리··53
본향···54
낙엽···55

차례

제3부 _ 하느님 말씀

커피 한 잔 하면서 ·· 58
검은 옷 ·· 59
신사 그 사람 ·· 60
첫눈 ··· 61
사랑 ··· 62
탄생 ··· 63
한해를 보내면서 ·· 64
새해 ··· 65
세찬 바람 ··· 66
설 한파 ··· 67
봄소식 ··· 68
겨울 햇살 ··· 69
졸업 ··· 70
완연한 봄 기운 ·· 71
봄을 재촉하는 비 ··· 72
삼월 하늘 ··· 73
사순절 ··· 74
입학 ··· 75
꽃 그늘 ··· 76
하느님 말씀 ·· 77

제4부 _ 구원

부활의 의미 …………………………………………80

구원 …………………………………………………81

목련의 꽃처럼 ………………………………………82

마지막 만찬 …………………………………………83

봉숭아 ………………………………………………84

미풍(작은 바람) ……………………………………85

녹색의 계절 …………………………………………86

꽃 향기 ………………………………………………87

봄 나들이 ……………………………………………88

기억 …………………………………………………89

이슬 …………………………………………………90

작은 시내 ……………………………………………91

은빛날개 ……………………………………………92

현충일의 의미 ………………………………………93

한반도 ………………………………………………94

우리의 과제 …………………………………………95

아! 잊지 못한 6.25 …………………………………96

뜨거운 여름날 ………………………………………97

마지막 6월 …………………………………………98

초록의 세계 …………………………………………99

차례

제5부 _ 축복

하늘의 영광 …………………………………………102

축복 ……………………………………………103

비오는 날 창 밖이 좋아 ……………………104

별 밤 …………………………………………105

이루어 질 수 없는 사랑 ……………………106

달무리 …………………………………………107

입추 …………………………………………108

구름 한 조각 ………………………………109

아베 마리아 …………………………………110

계절의 변화 …………………………………111

여름의 끝자리 ………………………………112

아~ 가을인가? ………………………………113

기도 …………………………………………114

가을하늘 ……………………………………115

결실 …………………………………………116

가을 여행 ……………………………………117

가을 스케치 …………………………………118

국화 향기 맡으며 ……………………………119

가을 잎새에 달이 지는데 …………………120

대림축제 ……………………………………121

제6부 _ 아가페

낙엽과 함께 ················124
신적인 무조건 사랑 ················125
복음 담아 세상으로 ················126
갈대숲에서 ················127
가을비가 내리는데 ················128
가로수 ················129
겨울의 길목에서 ················130
부산행 ················131
밤야경 ················132
축하의 메시지 ················133
기쁨의 선물 ················134
연말의 풍경 ················135
한해를 맞이해서 ················136
기쁨과 즐거움 ················137
내일을 향해 ················138
밤 하늘 ················139
겨울 나무 ················140
봄을 기다리며 ················141
구정 ················142
성령이여! ················143

영혼의 대화

1

새봄

새로운 잎들이
촉촉한 땅 속을 헤치고 터져 나온다.
물빛 초록빛 새싹들이
새로운 세계와
환희의 순간을 위해
먼 겨울의 땅 속을 여행하고
여기 새싹들이
엷은 초록을 입고
봄의 잔치에 초대되어
또한 나뭇가지에도 쏟아진다.
봄빛 희망의 속삭임
나래를 타고 날아본다.
봄빛 새순이 새롭게 나온다.
내 마음을 새롭게 하소서!
가지 가지에 늘어뜨린
새옷을 입고 곱게 단장한
새색시처럼
마음이 설레인다.
봄이 왔다.
새봄이 새롭게 왔다.

만남

긴 겨울의 터널을 뚫고
계년보다 일찍 봄이 찾아왔다.
주님 만나기 위한 준비기간입니다.
대동강 물도 풀린다는 우수이다.
프근한 날씨가 나날이 이어진다.
여기서 오늘 찬란한 봄날을 꽃피우기 위해
사랑의 세레나데를 불러봅니다.
어디에서 불어오는 봄바람입니까?
꽃샘추위가 꽃피우는 것을
시새워 찾아오는데
올해의 새봄에는 찾아오지 않는 것을 보니
주님을 일찍 뵈올 것을 약속하곤
다짐합니다.
먼길을 헤매이다 이제 돌아와
주님의 품 속에서 봄을 피워냅니다.
꽃피우는 인내와 슬기를
이 시간에도 배워봅니다.
사랑을 위하여 견뎌내온 세월을
깊이 쏟아 붓습니다.
사랑을 위하여 주님과의
만남을 선택했습니다.
주님은 저를 선택하셨습니다.

생명의 길

나는 길이요 진리요 생명이다.
나를 믿는 자는 멸망하지 않고
영생을 얻을 것이다.
삼월 하늘은 파랗다.
삼월의 바람 끝은 약간 차갑다.
삼월의 바람은 소리가 난다.
조용한 거실에 앉아
주님을 불러봅니다.
생명을 얻기 위해
주님과 대화를 합니다.
봄 햇살이 거실 깊숙이
파고 듭니다.
커텐을 내리고
반사해서 들어온 빛으로
한결 따뜻하고 밝은 내실이
더 한층 십자가 빛으로
반짝반짝 물이 들고 빛이 납니다.
사랑의 빛입니다.
생명의 빛입니다.

미사

재의 수요일,
사순절이 시작되는 재의 수요일.
재로 십자가를 그어주시면서
사람아, 흙에서 나왔으니
흙으로 돌아갈 것을
생각하여라.
그래 흙에서 나서 흙으로 돌아가는데
인생을 단 한 번뿐인데
그대와 단 둘이 앉아
ㅋ피도 나누고 싶어라.
그대와 단 둘이 앉아
술잔도 기울이고 싶어라.
피우지 못한 담배 한 개피 물고
그대로 커피 향기를 음미하면서
이런 생각도 해본다.
그런데 당신은 수도자.
그 길이 힘이 들까봐
찾아가지 않는 것이니
당신이 싫어서도 아니고
당신을 사랑하지 않는 것도 아니니
안심하여라.
이것이 나의 길이니….

영혼의 대화

봄비가 촉촉히
유리창 너머로 사선을 그으며
한 방울 두 방울 떨어진다.
이 비 그치면
봄을 노래하는 모든 것들이
다시 새롭게 변화하겠지.
당신의 이름을 부르기 전에는
다만 몸짓에 지나지 않았소.
당신의 이름을 불렀을 땐
내 옆에 와서 꽃을 피워내는
슬기를 배웠소.
기도는 영혼의 대화
당신과 나의 대화 속에
하느님은 살아서
우리를 보고 웃으면서
나의 사랑스런 아들과 딸들아,
나를 기쁘게 했노라.
길을 잃지 않은 아흔 아홉 마리 양보다
길 잃은 한 마리 양이
나의 마음을 기쁘게 했노라,
하고 말씀하셨다.

맑은 햇살

삼월의 화창한 봄날이
맑은 초목 위에 삶을 노래한다.
새싹이 너울너울 돋아 나오고
새들은 노래를 하며
오늘 하루를 우러르면서
오늘도 찬란한 빛과
미래의 희망을 위해
간직한 꿈을 펼친다.
사랑과 별님을 부르며
하루 하루 지내온 세월이
몇 갑절 몇 배의 열매를
맺기 위하여
또 노력과 인고의 나날을
보냈을 먼 선조들의 슬기를
생각하면서 맑은 햇살의
창가에 앉아서 깊이
삶을 음미해 보기도 합니다.
참으로 거룩한 샘물입니다.
참으로 맑은 햇살과 같이
앞으로 다가올 미래가
기다려집니다.

이라크 전쟁

목련꽃이 피었는데
이라크에서는 석유 때문
전쟁이 터졌다.
우리나라에서는 전투병이 아닌
의료진을 현재 국익을 위해서
파병하느니 마느니
국회에서 뿐만 아니라
시민단체에서 들고 나섰다.
왜? 왜?
그렇게도 평화를 위해서
기도했건만
결국은 피비린내 나는 전쟁터
우리 나라에서는
이러한 비극은 일어나지 않아야겠다.
누구를 막론하고
이것을 어겼을 경우
하느님 이름으로 멸망할지어다.
세계의 평화를 위해 오늘도
이 시간에도 기도하게 하소서.

약수터

개나리 진달래 꽃그늘 사이로
봄바람이 살랑살랑
미소를 머금고 다가온다.
약수터 모인 사람들의
가벼운 옷차림과 오고가는 인정 속에
녹색의 파아란 잎들이
얼굴을 내밀고 보고 있다.
나무 심는 식목일에
버드나무 사이를 거닐며
버들피리 만들어 불고
꽃피는 사월을
노래하였다.
약수물을 받아
시원한 물 한 모금을
입에 물고 하늘 한 번
쳐다보고 웃다가
사람들의 애기 속에
도심 속의 약수터가
이웃사랑이 된다.
약수터….

제사

시할머니가 돌아가신 지 5년 째
영과 육이 분리가 되어
오늘 기일이라 해서
작은 아버지 작은 어머니
작은 집 삼촌이 오셔서
제사를 지냈다.
처음으로 우리 집에서
지내는 제사라 아무 것도
몰랐으나 오늘 어른들께 배웠다.
천주교회에서 하는 것처럼 위패만 모시지 않고
우리 전통 유교와 똑같이 절도 하였다.
그런데 작은 아버지께서
옛날 방식대로 한문으로 위패를 써서
제사가 끝나자 불로 태워버렸다.
고해성사를 보고 미신을 섬겼다고
용서를 빌어야겠다.

생일

마흔 네 해를 맞이하는 생일
아빠는 중년부인이라면서
세월의 자국이 남은 얼굴을
예쁘게 치장하라며
화장품을 선물하고
피자 통닭을 시켜 맥주 한 잔에 기분 좋게 마시고
교회에 나갔다.
오늘은 부활 전 성 목요일
예수님이 십자가에 못박혀 돌아가시기 전날이다.
여러 가지 행사와 더불어
미사를 보고 경건한 마음으로
집으로 돌아왔다.
모든 마음으로 인하여 지은 죄를
대신하여 돌아가심으로써
우리는 구원을 받게 되었다.
참으로 위대한 날들이 연속된다.
목요일 금요일 토요일 부활 대축일로
이어진다.
영혼이 살찌는 소리가 들린다.

부활

이제 예수님이 부활하여 오시어
우리도 희망을 갖게 되었습니다.
죄와 죽음으로 끝나는 것이 아니라
다시 새로운 생명으로 이어진다는 것을
오늘 새롭게 배웠습니다.
부활이 없었던들 교회가 존재하였을까.
부활이 있었기에 하나님 품에서
다시 사는 꿈을 꾸기도 합니다.
우리가 서로를 사랑하는 모든 순간들이
부활의 흰 꽃으로 피어나게 하소서.
날마다 조금씩 아파하는 인내의 순간들이
부활의 흰 새로 날아오르게 하소서.
예수께서 직접 봄이 되고
빛이 되어 승리하신 아침이 지나고
저녁미사가 끝난 후 마련된 이 자리에
초대되어 부활을 축하하는 뜻에서
높이 술잔을 들고 건배를 합니다.
사랑합니다, 여러분!

신록의 푸르름

짙은 초록의 색깔로
꽃피는 사월을 마지막 장식하고
봄비가 소리없이
대지를 적신다.
아파트 베란다에서
내려다 보이는 차들은
바쁜 행로를 쫓아
마구 속도를 내고 달린다.
봄비가 하염없이
이 마음에도 적신 것은
인생을 살아가기 위해서
섭취해야 하는 목마른 갈증을
해소시키기 위해서다.
성당 옆 라일락을 꽃피우기에
꽃향기가 꽃바람을 타고
식탁에 앉아 아름다운 시어를
빚어내려는 작업
계속 이어지는 손 끝에 번져
한 아름 꽃바구니를 안아본다.
사월이 바람과 같이 사라진다.

오월

풀잎은 아침이슬을 받아
찬란한 오색 빛을 발하고
꽃들은 향기를 담아
싱그러운 오월을 노래하네.
어린이날 어버이날 석가탄신일
휴일이 연이어지는 달
가정이란 울 안에서
자꾸 커가는 아이들
사랑을 먹고
꿈과 희망을 갖고
미래를 설계하면서
노력이란 땀흘린 노고를 통해
결실을 맺기 위하여
하루를 우러르며
오늘을 산다.
아~ 아~ 오월이여!

성모성월

성모 마리아를 사랑하는 신심이
신앙과 함께 어우러져 오월
제일 좋은 계절.
싱그러운 신록이
눈을 새롭게 하고 젊음이 넘쳐 흐르는 샘물
목자의 부르는 소리 들으며
양들은 자유로이 풀을 뜯네.
오월은 성모성월
가정의 달.
하늘은 넓고 푸르며
성모님의 품 안에서
하느님의 말씀에 따라
순종하고 찬송하고픈 마음
너무나 좋은 시절.
덥지도 춥지도 않은
좋은 이 계절에
하느님을 잊지 않고
기도하게 하소서.

꽃잎

붉디 붉은 너의 입맞춤이 마지막
끝으로 땅에 떨어져 산산이 부서진
너의 꽃잎들이여.
피지도 못하고 인생의 청춘들이
쓰러져 꽃넋으로 화했던
5.18 광주사태
십 일 간의 공수부대들의 진압으로
죽어갔던 학생들 시민들
그때 그 시절이 있었기에
더디지만 지금은 한 발 한 발
민주화로 진행되고 있는 중이다.
많은 사람들이 그 때의 부상으로
평생 불구의 몸 가슴 아픈 멍이 되어
어루만지면서 외롭게 이 시대를 살아간다.
세상풍파와 맞서서 싸워
통일의 밑거름으로 거듭나소서!
아름다운 꽃잎되어
꽃넋으로 화하소서.
5.18 영웅들이여!

맑은 하늘

나는 포도나무요 너희는 가지로다.
가지가 나무에 붙어있지 않으면
작은 열매도 맺을 수 없듯이
너희도 내 안에 머물지 않으면
그러하리라.
요한복음을 묵상하며
또 오늘 하루를 산다.
항상 하느님과 가까이 하면서
이 시대를 살아가는 정신적인
기둥으로 우뚝 솟고 싶다.
지금 나라 경제는 IMF시대보다
더 어렵다고 시장에 가면
아우성들이다.
하루 이틀도 아닌 1997년부터
해온 서민들의 고통이 당장
사라질 일은 없다.
북한으로 건너간 달러며
후원금은 다 서민들의 몫으로
돌려져 고통은 더 크고
물가는 높아 더 어렵고
국란의 길은 끝이 보이지 않는다.
이 길은 어떠한 길인가?

성심 성월

부활하신 지 사십일이 된 날
제자들이 보는 앞에서 하늘로 승천하신 날.
주님! 빈 허공만 바라보며
허영만 가지고 인간 세상을
살아가는 것이 아니라
주님이 다시 오신 날을 기다리며
하느님 뜻에 따라 사는 참된
신앙인이 되기 위해 새롭게 변화하고
기도하는 인간이 되게 하소서.
예수님 성심 성월을 맞이해서
복음을 전파하고 많은 사람을
전도할 수 있는 힘을 주소서.
하느님 말씀에 순종하며
십계명에 따라 죄를 짓지 않고
인간이기에 죄를 지을 수밖에 없는
나 자신을 돌아보며
회개하면서 반성하고
용서받을 수 있는 나약한 인간을
구원하소서.
온 세계를 사랑할 수 있는
힘을 온누리에 펼치소서.

상아의 계절

상처가 많은 이 달.
성령 강림 대축일이 되었다.
우리 성당 주임 신부님이 지병으로
인해 쓰러져 병원에 입원하셨다.
계절은 봄을 너머 뜨거운 여름을 재촉하는
비가 내린다.
하염없이 쉼없는 호흡을 하기 위해서
세례를 받듯이 더욱 깨끗한 환경이 만들어졌다.
사랑을 위해 자신이 재물로 바쳐져
꺼지지 않는 촛불처럼
자신을 태워 밝은 빛을 밝히는
거룩한 성자의 손길 위에
무안한 축복을 내려 주소서.
빨리 쾌차하셔서 하느님의 말씀을
전하고 모든 이를 위해 기도하는 모범되시는
신부님의 건강한 모습을
재단에서 뵙고 싶습니다.
기도가 헛되지 않게 자신을 낮추고
겸손을 미덕으로 살아가겠습니다.
양처럼 순한 신자가 되어
따라서 생각하고 기도하는 신앙인이
되게 하소서.

초록빛 물결

햇볕을 받고 땅 속의
양분을 흡수하고 세상은
초록빛 물결을 이루었다.
옅은 녹색이 더 짙은 초록을
이루어 온 세상은 초록빛 물결로
세례를 받았다.
아침 이슬을 받아
초록 풀잎 끝에 고웁게 맺혔다.
청아한 목소리로 엮어가는
말씀 말씀들을 먹고
기도하는 사람에게
내려주는 성령의 선물
사랑의 화음이 풀잎 끝에
가만히 맺혔다.
초록의 세계에 초대되어
잔치하는 천상의 화음
마음으로 이어지는 신비
끝없이 펼쳐지는
초록빛 물결
아~ 그리워라.

마음의 창

성체 성혈의 축성된 포도주와 밀떡
마음의 창으로 볼 수 있는
예수님의 피와 살
우리 이것을 받아서 나누어 먹고 마시면서
한 형제 한 핏줄이라는 것을 잊지 않으렵니다.
예수님은 세상을 구원하셨고
생명의 양식을 내려주셨습니다.
예수님은 사랑으로
놀라운 기적을 베푸셨습니다.
이 세상 부귀영화 다 준다하여도
예수님의 귀한 말씀을 잘 듣고 믿으면서
영생을 얻도록
노력하면서 살겠습니다.
당신께서 주신 좋은 글을 쓸 수 있는
달란트를 갈고 닦아서
복음을 전하고 많은 사람을
전도하면서 주님께서 주신
축복을 누리다가 주님께서
내려오실 그 날 언제인지 모르기 때문
항상 깨어서 기도하고 천상 속 영원한
천국의 문을 두드리게 하소서.

정신적인 사랑

2

믿음 그 위에 사랑

사랑은 온유하며
사랑은 오래 참아야 하며
무례히 화를 내지 않고
모든 것을 포용할 수 있는
큰 그릇이다.
하느님 주님을 사랑하지만
믿음이 없다면
우리는 어떻게 될 것인가?
모래위에 기초가 없는 그러한 집을
지은 것과 같다.
믿음, 그 위에 사랑의 집을 지어
튼튼하고 쓰러지지 않는
주님과 함께 영원한 집에서
사랑하는 이들과 함께 영원히
살고 싶습니다.
사랑은 시기하지 않으며
질투하지 않으며
영원히 함께하는 영원히
사는 것입니다.
믿음 그 위에 사랑의 힘은
무한히 영원한 것입니다.

미소

이 작은 미소로 세상을
떠받들고 나갈 수 있다면
하느님께선 글을 쓸 수 있는
은총을 거져 내려 주셨지만
내가 갈고 닦아서
잘 사용하여 이웃과 은총을
나누면서 베풂의 즐거움을
맛보았습니다.
기쁨은 기쁠수록 열매를
많이 맺고
나누면 나눌수록 축복을
첨가하여 내려주시니
주님 어찌해야 할 바를 모르겠습니다.
제 작은 미소로 이 지구를
떠받들고 나갈 수 있다면
주님을 향한 사랑과
당신의 구원사업에 조금이라도
보탬이 된다면 세속에서의 영광을
모든 사람과 나누면서
하느님 주님의 사랑을 독차지 하듯이
많이 받고 싶습니다.
결코 사랑합니다.

비

장마비가 주룩주룩 내린다.
주임 신부님은 건강으로 떠나시고
또 새로이 오셨다.
비를 걱정하시는 그 분은
또 어떻게 건강을 지키시고
사목생활을 하실는지
이런 불행한 일은
내가 여기에 이사와서 두 번이나
겪은 일이라 걱정이 되지
않을 수 없었다.
하느님께서는
저희 가정의 건강뿐 아니라
사제님들의 건강도
지켜달라고 또한 두 손 모아
기도했다.
사랑으로 온 세상을 내다 볼 수 있도록
지혜를 주시라고
또 기도했다.
하느님 사랑합니다.

씨 뿌리는 사람

씨 뿌리는 사람은 온 땅에 이 땅 저 땅 가리지 않고
골고루 씨를 뿌린다.
어떤 것은 길바닥에
어떤 것은 돌밭에
어떤 것은 가시덤불에
떨어졌습니다.
씨 뿌리는 사람은 언제나
좋은 땅에 떨어져
백 배의 열매를 맺을 것을
희망하면서 씨를 뿌립니다.
예수님은 백 배의 열매를
희망하면서 하느님 말씀을
전하신 것입니다.
우리 또한 마음의 밭은 어떻습니까?
하느님 말씀의 씨를 좋은 밭에
심어 몇 백의 열매를 맺을 수
있도록 우리 모두 마음을 열어
씨를 뿌려 가꾸도록 노력합시다.
하느님은 사랑이십니다.
사랑의 열매를 맺어 하느님
하늘나라 구원의 은총을 온누리에 내려 주소서.

휴가

남도 칠백 리
태어난 고향을 찾아
청포도가 주저리 주저리
익어가는 계절
먼 여행을 했다.
상무대가 장성으로 옮기고
5.18이 멋있게 꾸며지고
깨끗하고 조용한 주택공간이
아담하게 펼쳐졌다.
너르나 넓은 상무대가
변한 광주는 정말 잊을 수
없는 도시였다.
저녁을 먹은 후
별무리 헤쳐 밤하늘을 바라보며
공원의 맑은 공기를 마시면서
옛날 얘기에 시간 가는 줄
몰랐다.
또다시 사십 대의
꿈과 추억을 새겼다.
아름다운 밤이었다.

정신적인 사랑

영원히 살기 위해
예수님을 믿으면서
선을 베풀기 위하여 노력하고
죄를 짓지 않으면서 회개하고 또
반성하면 천국에 간다.
이 세상은 잠시 왔다 가는
나그네 같은 것.
기도를 통해
하느님과 나 자신과 일치함을 느낀다.
가을이 문턱에 와 있다고
알리는 입추가 지났는데
매미들은 짝을 찾기 위해
하루종일 소리를 내며
울어댄다.
무엇을 위해 오늘을 보람과
또 갈등 시기 불안에서 자유로울 수 있는가.
인간은 하느님의 사랑
사람들의 사랑 나 자신의 사랑
가족과 사랑하면서 유대를 통해
이웃과 그리고 널리 국가와 세계를
사랑하는 마음을 하느님께서는
태초부터 주셨다.

(비바) 성모 마리아

복되신 성모 마리아
예수님의 운명과 함께 하시는
가장 아름다운 여인

하느님은 순명하는 이에게
그분의 뜻을 이루시나니
태중의 아들 또한 복되도다

성모님의 생애
아름다운 삶을
주님의 자비로 완성하신 날

복되신 성모 마리아여
오늘은
하늘로 들어올림을 받으신 날

한사람으로 인해
인류의 죄가 시작되었고
한 사람의 부활로 인해
인류의 구원이 시작되었습니다

성모님
당신의 순명이
모든 사람에게 희망을 전해 주었습니다.

유니버시아드

세계 젊은이들의 체육 잔치에
남북한 선수들이 나란히
네번째 만나 입장을 했다.
찬란한 대학 축제에
지구촌의 학생들이 모여
젊음의 열기에 도취되어
뜨겁게 달아 올라 성화가 봉송
되었다.
열 하루 동안 응원의 뜨거운 열기에
울고 웃고 대구로부터 날아온
소식들이 가을로 들어간다는
8월 하순이 너무나 좋았다.
젊은이들이여,
너희들은 젊음 하나만으로
부러울게 없는 보배를 가졌다.
젊음을 마음껏 발산함으로
생애 최고의 날을 즐겨라.
젊음의 한 가운데에서
꿈을 하늘로 쏘아올려라.
아! 젊음의 꽃이여,
평화 통일로 화하소서.
나의 후배들이여!

가을이 오는 소리

산들 바람을 타고
여기 초록의 세계에
가을이 오는 소리를
가만히 듣는다.

기쁨과 평화가 있는 곳
열매가 익어가는 이 시기
가을의 햇살은
더욱 따갑기만 하다.

도시에서는 귀뚜라미 우는 소리
찾아 볼 수 없고
반딧불도 찾아 보기 힘들지만
밤 하늘은 별이 보인다.

가을이 여물어 가는 소리
저멀리 관악산 줄기가
우람하게 도심 속에 파고 든다
전철은 여기 저기 도시의 심장인 듯 달리고 또 달린다.

가을에 기도

유난히 비가 많은 올해에는
추수해야 할 농작물이
죽거나 썩어서 수확이
나지 않았다.
더욱 필요로 하는 햇빛과
맑고 시원한 바람은
긴 해시계를 날려 보냈었다.
여름내 나오는 과일은
단맛이 아니라 물을 많이
섭취하여 당도가 떨어졌다.
매양 맞이 하는 가을이지만
이 가을에 모든 사람을 위해
기도 하게 하소서.
삶이 그대를 속일지라도
슬퍼하지 말고 괴로워 하지 말아라.
기쁨의 날을 맞이 할 터이니
마냥 해오던 것처럼
기도를 하게 하고 기다리게
하소서.
하느님은 우리를 그냥 두지 않고
보호하시고 도와 주셔서
생명을 유지하고 살아가게 할 터이니.

그리움

남쪽 하늘은 가만히 쪽빛처럼 그립다
푸른 잎들은 붉은 옷을 갈아 입으려고
시원한 바람위에 물감을 풀어 놓듯
그리움으로 번져 간다.
추석 명절이 되면 어린 시절
송편을 빚기 위해 담밑에 심어 놓은
푸른 잎을 뜯어 녹색으로 물을 들여
하얀 송편 짙은 녹색 송편
팥과 또는 깨로 속을 채워
반달처럼 빚던 추억이 새롭다.
그런데 지금은
서울 도회지에서 송편을 빚던 추억으로만
존재하고 할머니 할아버지 아버지도
옛날에만 존재하는 고인이 되셨고
지금 나는 그 옛날이 그리워
향수병을 앓는다.
그립고 그리운 사람들
오늘도 성모 앞에 묵상한다.
추억 속에 존재하는 그분들을
먼훗날 저승에서도 만날 수 있도록
그렇게 해주시라고 또한 기도한다.
가만히 눈감고 생각하면서 또 기도를 한다.

가을 뜨락

태풍이 지나간 뒤
가을 뜨락에
가을이 여물어 간다.
간 밤에 몰아치는
성난 비 바람에도
호박, 오이, 고추 등
가을 걷이들이 여물어
추수할 때를
기다리고 있다.
태풍 매미의 피해가 많아
사람들은 아우성이지만
하느님은 들에다 바람을 놓고
남국의 햇볕을 깊은 단맛 속으로
가을 걷이에 한층 바빠졌다.
당신은 이맘때면
농부들의 피와 땀의 열매를
보람으로 일구고
추수 감사절과 같은
풍성한 명절을 보내게 하시고
기도로써 마음을 살찌게 하신다.
하늘은 높고도 맑아 나는
그 넓은 하느님의 품속에 안기고 싶다.

서늘한 바람

노을빛 선연한 갈대숲에서
서늘한 바람에 흔들린다.
추수하기에 바쁜 들녘에서
허수아비들의 춤에 날아가 버린 뒤
다시 앉아서 벼를 쪼아 먹는 참새떼들
조잘대는 소리에 들녘은
황금 물결로 일렁인다.
노을 빛이 타는 저녁무렵
타작한 벼를 싣고
집으로 향한 농부들의 노고가
열매로 가득히 넉넉한 가을이다.
이러한 계절에 저녁만종이
들녘에 울려퍼진다.
오늘 하루가 아름다웠노라.
아직 들녘에 노을로 퍼진 하늘을
뒤로 한 채 집으로 향한 부부,
피곤한 몸을 쉬기 위해
오늘을 우러르고 싶다.

 밝아오는 태양을 찬란히 온 세계를 비추고

단풍잎

하늘과 바람소리 계곡의 물소리가
그리워 떠나고 싶은
이 계절에 단풍이 물든다.
오색 찬란한 물이 계곡을 타고
흐른다.
그 중 예쁜 단풍잎을 따서
책갈피에 꽂아 향기 맡으면서
편지 쓰던 그 시절
지금은 무엇을 하고
어떻게 살아가고 있을까.
보고 싶고 궁금하다.
아련히 그리웁고 생각이 나
이렇게 이 가을에 글을 써 본다.
하느님 옛 추억이 떠오르나
만나고 싶지만 만날 수 없습니다.
당신의 은총으로 생활고에
시달리지 않고 낭만을 즐기며
멋스런 중년이 될 수 있도록
운동으로 단련된 건강을 주시고
할 수 있는 일을 주심에
진심으로 감사드립니다.
사랑합니다.

감사

오늘 나는 하느님께 감사를 드린다.
중년이란 나이가 되어
먹고 살만 하니까 건강에 신경쓰려고
산부인과에 건강 진단
받으로 갔다.
유방에 물혹이 생겨 결과가
나오기까지 하룻밤 잠을 설쳤다.
혹시 유방암이 아닐까 불안하고
초초한 심정은 내색하지 않았지만
담담하게 기다렸다.
다행히 물혹으로 밝혀져 운동으로 깊은 잠자고
6개월에 한 번씩 건강진단
받으러 다녀야 한다는
원장 선생님의 말씀이다.
나의 꿈은 노벨 문학상이다.
건강으로 인해 꿈을 접는다면
어떻게 될까 하는 생각으로
하느님께 감사드렸다.
꿈을 이루기 위해서 건강주시라고
간구하고 간절히 기도드린다.
거리에는 바람이 부는데….

재신임

한글날이 지나고 뒷날 텔레비전에서는
노무현 대통령의 재신임을 묻겠다고
예정에 없던 기자회견이 열렸다.
지금까지 잘못했으니
힘을 실어 주세요 내용이었다.
민주 사회에서는 언론에 자유가
있다고 발표를 마음대로 하니
노무현 대통령께서는 많은 고민에서
나온 발언이었다.
많은 토론을 거쳐 좀더 나은
세상을 위해서 위정자들은
부정부패를 없애고
나라를 위해서
국민들을 위해서
한 데 힘을 모아 난국을
헤쳐 나아가도록
슬기롭게 대처해 주었으면
하는 마음이다.
오늘도 세찬 바람이 분다.
윙윙 부는 바람은 선거 바람이다.
깨끗한 선거를 위해 선거에
맞는 법과 질서를 지키도록 노력하자.

출장

교육을 받기위해 일주일 간
일본 나고야에 출장을 갔다.
회사를 위해 노심초사 애쓰는
아빠는 젊음을 회사에서만
보낸 유일한 고참이었다.
회사가 잘 되면 그에 따른
가정이 잘 살고 세금을 많이
내서 표창장까지 받는
유일하게 잘 돌아가는 회사다.
물가가 비싸 작으마한 선물을
이웃과 나누고 오늘의 경제 사정을
얘기하고 정보를 교환하니
우리 나라 미래가 밝은
전망이 좋은 나라다.
정치권에서 부정부패만
없으면 사계절 뚜렷한
정말 살기 좋은 나라가 될 터인데
눈을 뜨고 깨어보면 뉴스에서
비자금 사건때문 나라가
시끄럽고 떠들썩하니
걱정하지 않을 수 없다
이런 걱정이 헛되지 않게 해 주소서.

갈색무리

가을 빛이 완연한 갈색무리
가랑잎 떡깔나무 자작나무 등
갈색 무리들이 산에 떨어지고
낙엽이 되어 물들어
지치고 자지러져서 그냥 떠도는
가을의 낭만과 멋
바바리 코트를 세우고
주머니에 손을 깊숙히 넣고
가을 외출한다.
산에 들에 추수가 끝나가고
텅빈 들녘에
허수아비들이 빈 공간을 지키고
참새가 가을을 아쉬워한다.
넉넉한 가을이 우리를 살찌우고
풍요롭게 하는 마음이 밑거름이 된다.
하늘은 너무나 높고 파랗다.
마음 만큼이나 때깔이 곱다.
사랑으로 인해 온 세상이
하나 되게 하소서.
하느님을 믿는 신앙인으로
거듭나게 하소서,
하나님!

본향

죽음이란 고향으로 하느님을
찾아가는 것
낙엽이 한 잎 두 잎 떨어지니
올 한 해도 다해 가는 허전함 때문
생각하지 않을 수 없다.
그렇기 때문 외롭지 않고
다시 살 수 있다는 희망을
갖게하는 교리이다.
나에게 하느님이 허락한 시간은 얼마나 될까?
아무도 알 수 없다.
인생은 단 한 번 뿐이기에
오늘도 보람있고 가치있는
삶을 살기 위해
살아온 시간을 되돌아 보며
어떻게 살 것인가?
고민하고 많은 생각을
하지 않을 수 없다.
선과 악이 공존하는 세상에서
옳은 일을 행하고
이 세상 마칠 때까지
예수님 닮은 삶을 살 수 있도록
이끌어 주소서!

낙엽

가을 비가 촉촉히 거리를 적실 때
낙엽 색깔의 갈색들이
땅에 떨어져 이리 저리
헤매이다가 한 해를 마감한다.
봄에 새싹이 되어
녹음이 우거지는 여름을 보내고
쓸쓸히 낙엽 철을 맞이 해서
오늘은 여기 내일은 저기
낙엽이 되어 떨어지는 느낌은
해마다 이맘때면 보는 것이지만
한 해가 다해 가는
아쉬움, 허전함, 쓸쓸함
우리는 어디서 나서
어디로 향해 가는가?
또 다시 생각해 보는
기회를 갖는다.
그리고 보람 있게 인생을
사는 방법은 무엇인가?
하느님 오늘도 죄를 짓지 않고
하늘나라에 도달해서
영원히 살 수 있는 영원한 삶을 위해
오늘도 살게 하소서.

하느님 말씀

3

커피 한 잔 하면서

낙엽이 우수수 떨어지면
따끈한 커피 한 잔 하면서
말씀이 되어 오신 예수님을
생각합니다.
성당 한 쪽에 마련되어 있는
성모상 벤치에 앉아 예수님을 안은
마리아도 떠 올립니다.
은행나무, 감나무, 공밤나무
이런 가랑잎들이 나뭇가지에서
떨어져 땅위에 쌓여 있는
낙엽들을 밟으며
시몬 낙엽 밟는 소리가 들리는가,
저절로 시어를 읊곤 합니다.
하느님, 예수님을 사랑하고
여기에 정착해 베란다를 바라보면서
또 올 해의 가을이 다해감을
음미하면서 따끈한 커피 한 잔에
펜을 들고 가을을 씁니다.
벤치에서 주어온 낙엽들을
책 갈피에 꽂으며
또 하나의 추억을 새겼습니다.
참으로 아름다운 날들입니다.

검은 옷

낙엽이 다 떨어진 나무는
겨울 옷을 입는다.
새끼 집으로 몸을 단장하고
찬바람, 찬비, 찬서리, 찬눈을
막기 위해 따뜻하게
겨울 옷을 입는다.
겨울 추위는 매우 춥고 매섭다.
이런 혹독한 추위가 있기에
봄이 온다는 신비가 있다.
간밤에 몹시 바람이 불던데
오늘 날씨는 그리 춥지 않다.
첫눈이 내린다는 소설이 지나고
김장 준비에 바쁘다.
파 김치, 동치미, 배추 이런 것들이
겨울 반찬이다.
겨울을 나기 위해 겨울 준비를 하고
식탁에 앉아 창밖을 보니
눈이 올 것 같은 잿빛 하늘이
펼쳐진다.
가족사랑을 위해 건강을 위해
올해도 한해가 다해 간다.

신사 그 사람

세탁소에 앉아 서민적인 음식
순대, 떡볶이, 오뎅 국물을 먹으면서
이런 이야기 저런 이야기 하며
이웃과 정겨운 대화를 나누고 있자니
텔레비전과 시민들의
입에 오르고 있는 신사 그 사람이
불쑥 들어왔다.
나는 문인이기 때문
한해의 마지막 남은 한달은 초대 받아
여러 사람들의 모임에 자주
참석하는 일이 많다.
그렇지만 에스코트하여 같이
참석하고 주인공으로 불리우는 것은 싫다.
나의 인생의 동반자인 남편과
소중하고 귀한 딸들과
우리 가족이 오붓이 둘러 앉아
삼겹살에 소주, 상추,오이, 고추 이러한 식탁으로
사랑을 먹는 가정을 지키고 가꾸어 갈 것이다.
누군가 비집고 내 마음을
차지하려고 하는 로맨스는
거절하겠다.

첫눈

밤새 첫눈이 하얗게 쌓였다.
베란다에서 바라보는 세상은
너무 하얗다.
예수님을 기다리는 대림 이시기에
마음을 깨끗하게 하기 위해서
정화제 역할을 한다.
가만가만히 앉아 창밖을 바라본다.
파아란 하늘 밑이 하얗게 하얗게
하얀 꽃가루가 뿌려져
꽁꽁 얼어 붙은 길가는 차들이
거북이처럼 느리게 움직인다.
마음도 어린애처럼 운동장에 나가
눈을 뭉쳐 던지기 연습을 한다.
캐롤송은 들리지 않지만
경건한 마음으로 예수님을
만나기 위해 두손모아 기도한다.
어려운 세상에 성령으로 세상에 사람으로
오실 예수님을 생각하고
믿음으로 회개와 참회의 눈물을 흘리면서
기쁜 소식을 전하기 위해 힘쓰며
언제나 기도하는 인간이 되게 하소서.

사랑

나의 주 하느님 당신 안에서 휴식할 수
있을 때까지 우리 마음으로부터 안식이란
있을 수 없습니다.
이 세상은 잠시 거쳐가는 나그네,
사랑으로 그리움을 낳고
사랑으로 세속의 명예권력을 갖지 않고
귀한 예수님 말씀따라 살고픈
이 마음 변화되게 하소서.
예수님은 사랑이십니다.
별 만큼이나 많은 무리들이
당신을 사모하며 따르고 있습니다.
당신이 사람이 되어 오실 날을
기다리며 자선을 베풀고
선을 실천하면서 복된 마음으로
세상을 살아가게 하소서.
예수님은 진정 사랑이십니다.

탄생

이젠 진정 깨어 있을 시간이
다가옵니다.
고요한 밤 거룩한 밤
모두가 잠든 이 시각에
깨어서 아기예수님의 탄생을
목동들과 같이 지켜볼 수 있는
은혜를 주심에 감사합니다.

이젠 모든 사람에게 예수님의 탄생을
알리고 기쁜 소식을 전할 수 있는
사명을 주심에 감사합니다.
성탄의 큰별은 밝게 빛을 발하고
모두들 떡국을 나누는 마음 속
한해의 어려운 경제에 밝은
희망 비추시는 환희에
가만가만 속삭입니다.
네온의 빛처럼 자신을 갈고
또 촛불처럼 태워서 어두운 세상을
비추는 작은 씨앗이 되어
모두를 위해 나 자신이 땅속에 썩어
밑거름이 되는 헌신적인 사랑을 사랑합니다.
아기예수님 사랑합니다.

한해를 보내면서

산 마루에 지는 해를 보면서
한 해를 생각해 본다.
다사다난했던 지난 시간들
얼마나 많은 사람들이 고통을
당한 해였는가?
되돌아 생각하건데 예수님은
이 어두운 세상에 광명의 빛이
되어 모든 사람들을 구원하시기
위해 사람이 되어 말씀으로
우리 곁에 계셨습니다.
대통령 못해 먹겠다,
한 가장이 아버지 노릇 못해 먹겠다,
무엇이 다를 바 있겠는가?
오년 동안의 임기를 놓고
못하겠다 힘들어 죽겠다,
그러면 가정의 한 가장이
나라의 대표자가 못한다면
사람들은 누구를 믿고 살 수 있겠는가.
세상에 지치고 힘든 자여!
모두 내게로 오라,
하느님 품안에서 고이 쉬게
하소서.

새해

새날이 밝아 모두에게
희망을 주는 새해가
되게 하소서.
쓰여지는 시어들이
왜이리 힘이 들고 어려운지.
사회가 어렵기 때문
글쓰는 마음도 무슨 말들을 써서
희망을 전하고 사람들에게
웃음을 선사할 수 있을까,
고민에 고민을 거듭한다.
그렇지만 예년처럼
새날이 밝아 새해가 되고
좀더 나은 세상이 오라고
기도했다.
사랑하는 사람들에게
마음의 문을 열고 예수님처럼
따뜻한 마음으로 다가갈 수 있도록
용기 주시라고 또한 기도한다.
세상은 하느님이 창조하셨고
사람도 하느님의 창조물
하느님의 자녀이기 때문 행복하고
복된 삶을 누릴 수 있는 자격이
우리에게는 있도다.

세찬 바람

눈 내리는 밤이 지나고
가장 추운 설날이 되었다.
새해 아침 떡국을 먹고
올해의 소망을 띄워 보냈다.
몇번째 어려운 해가 거듭되고
빈부의 차가 더욱 벌어지고
작은 부자의 나라라고도 소문이 났다.
그런데 어려운 사람은
더욱 어려워지고
힘든 사람은 더욱 힘들고
올해의 소망은
외국에 판로를 개척하는 일이다.
이 개척으로 사람들에게 힘을 얻게 하고
서민들 소외받는 이들에게
좀더 편하고 허리 펼 수 있게
사회 환경을 개선하는 것이다.
총선에서 국민 모두가
어떤 사람이 국민들 편에 서서
일을 잘 할 수 있는가에
관심을 갖고 일꾼을 잘 선택해야 한다.
차떼기가 아니라 리어카 떼기를
하더라도 국민을 잘 살 수 있게
하면 되는 것이다.

설 한파

한반도가 꽁꽁얼어 붙었던
설 연휴에 찾아온 설 한파
기온이 영하 십도로 내려가
한강이 얼어 붙었고 바닷물이
얼어서 손해를 보는 어장도 있었다.
매양 맞이한 설날처럼
올해에도 채식 위주로
상을 차려 희망을 먹고 꿈을 먹고
아이들이 자라라는 것처럼
마음에 눈꽃송이가 피어
그리 춥지 않은 겨울이다.
거북이 운전의 긴 행로
꼬리에 꼬리를 물고
내려갔다 올라오는 모습들은
대명절의 기분은 좋았지만
보기 힘든 광경이었다.
하얀 눈이 쌓여 얼어 붙었던
길가에 오고 가는 인파들의 인정 속에
서울의 찬가가 울려 퍼진다.
관악산의 우람한 정기를 타고
나의 꿈도 서서히
영글어 간다.

봄소식

봄이 가까이 온다는 소식을
바람이 전한다
겨울의 잔재가 물러가는데
환절기가 또 감기를 가져다 준다.
감기에 잘 걸리지 않았는데
런닝머신으로 운동을 하고
땀을 너무 많이 흘려
땀이 식으면서 감기에 걸린 것 같다.
유방에 물혹이 생겨
날마다 운동을 하니까
살을 지방으로 판단하고 보니
산소가 지방을 태워 열과 땀으로
분해가 되어 없어졌다.
하나님은 또 은총으로 나를
보호하여 주시니 주님 감사합니다.
건강으로 지켜주시고
꿈을 이룰 수 있도록 이끌어 주옵소서.
한 줄 한 줄 행으로 시작하여
연을 이루면서 한 권의
신앙 시집으로 탄생할 수 있도록
보살펴 주시고 도와주소서
하나님 사랑합니다.

겨울 햇살

남쪽의 겨울 햇살이 곱게
내리 비추인다.
거실 안에 들어오는 맑은 햇살이
겨우 내 잠자는 동물들을
깨우고 다가올 새 생명의 환희를
위해 무엇인가? 따뜻함을
준비 하는 것 같다.
봄은 추위를 이기고 우리
가까이에 왔다.
상큼한 봄 향기가 식탁에 오르고
봄 배추가 눈을 맞고
단맛을 내며 입안에 가득하다.
오곡밥을 먹는 정월 대보름날
땅콩을 까서 고소한 맛과
그 먼 옛날의 추억에 사로잡혀
한 동안 생각에 잠긴다
시골에서 쥐불놀이 달맞이 등
고향 유년시절에 보냈던 그 곳
지금은 다른 사람들
이름 모를 얼굴이 낯선데 산천은
예나 지금이나 변함 없다.
가보고 싶은 그리운 고향 하늘가.

졸업

이제 졸업을 하고
새로운 중학을 시작하려고 하는
큰 딸아이의 졸업식 장에
아빠, 엄마, 할머니, 동생들
모두 축하를 해 주었다
안개꽃, 장미꽃, 파랭이 꽃
꽃다발을 한 아름 안고
사진 찍고 유년의 추억을 새겼다.
사랑하는 친구들 동생들
송사 답사에 쓰여진 시어처럼
서로의 만남을 소중히 하고
언제 어디서 만나더라도
서로 밀어주고 서로 도와주고
어려운 사회에 도움이 되는
관계를 유지해 선배, 후배
좋은 관계를 갖도록 유년을
보람있게 보내는 어린 소녀가
되어다오.
부모의 바람처럼
언제나 밝고 쾌활한 성격의 소유자가
되어 이 나라를 이끌고 가는 어엿한
주인공으로 잘 성장해 다오.

완연한 봄 기운

날씨가 많이 풀려
나뭇가지 위에도
완연한 봄 기운이 돈다.
옷차림은 겨울 동안
두꺼운 방안용에서 가벼웁고
운동하기에 편한
산뜻한 기분이 온 몸을
휘감는다.
남쪽의 밝은 햇빛으로
찬란히 다가올 봄을 위하여
세례를 받는다.
가만히 가만히 천사의 속삭임처럼
봄은 완전히 우리 가까이에 왔다.
사랑을 위하여
찬송가의 울림과 같이
메아리 되어
우리 곁에 다시 되돌아온 것이다.
봄의 신비스런 입맞춤이
꿈결같이 흐르는 멜로디의 선율따라
아주 먼곳으로 봄기운이 퍼져
산에 들에 새싹을 틔우기 위해
다시 밑 거름이 된다.

봄을 재촉하는 비

아직 이월인데
봄을 재촉하는 비가 하늘에서 내렸다.
이렇게 봄은 가까이에 왔는데 추웠다.
바람도 윙윙 소리를 내며 불어왔다.
봄이 오기까지 시새워 찾아온 꽃샘 추위다.
바람끝이 차가워 아파트안에서
서울을 내려다 본다.
어느 때나 보는 서울의 전경이지만
내가 숨쉬고 호흡하기에
더욱 아름답다.
꽃샘추위가 먼 곳으로 날아가 버리면
공원에는 이름모를 꽃들이
피어나고 새들이 아름답게 노래하겠지.
요술 지팡이 휘두르면
나뭇가지에는 새싹이 움트겠지.
그러한 꿈결 같은 봄이
가까이에 왔다.
새봄이다.

삼월 하늘

삼 년전 겨울 삼 개월 동안 교리를
다시 배우면서 겪은 에피소드를
소개하려고 합니다.
나는 20년 동안 개신교를 다니다가
하느님의 부름을 받고 되돌아 왔습니다.
관면 혼배 성사를 보고 한달도 못되어서
적응을 못하고 4년동안 냉담했습니다.
이렇게 해서는 안되겠다 생각하고
하느님을 다시 찾아 회개하고
교리를 배웠습니다.
글을 쓰면서 내면의 정신세계에
차지하는 카톨릭의 영향력은 매우 컸습니다.
그렇게 받은 은총에 대하여
신부님과 조금이나마 나눔의 양식에
보답하고자 삼겹살에 상추, 야채, 소주를
일주일에 한 번씩 열 번 대접해 드렸습니다.
서민들은 한 번이나 먹을 수 있다고 생각되는 것을
한 달에 몇 번씩 선물하니까
남편이 없는줄로 착각하셨던가 봅니다.
가정없이 혼자 사는 고통이 얼마나 참을 수
없는 것인지 개신교와 천주교회의 이천년 전통이 얼마나
다른지 새삼 깨달았습니다.
그래서 신앙이 다시 새로와 지고 없던 신심도 돌아 났습니다.
하느님, 예수님은 사랑 이십니다.
사랑 합디다.

사순절

사순절 이시기에 나의 죄는 어떤 것인지
회개하고 반성해 봅니다.
이 삼년 다니면서 본당 주임 신부님의 병환이
아직 젊은데 심근 경색으로 쓰러져
수술을 받으시고 이러한 것을 겪으면서
하느님은 사랑의 작은 씨앗을 육신에
심지 않고 성령으로 영성의 세계에 심어서
열매 맺게 도와주신 사랑에
깊은 감사를 드립니다.
저의 남편도 하느님, 예수님, 성모님을
믿고 사랑하게 되었습니다.
남편과 아이가 둘이나 되는데
어떻게 그런 상상으로 착각하고 오해를 하는지
인간은 생리적인 요인, 사회적인 요인이
있다고 합니다.
생리적인 요인은 식욕과 성욕이 있고
식욕은 수면과 몸을 이루고
성욕은 종족을 이룬다고 합니다.
사회적인 요인은 지배욕, 소유욕, 명예욕이
있다고 합니다.
이러한 것들에 물들지 않고 자유로울 수 있다면
인간은 천국에 가서야 안심하고
평화롭게 죄를 짓지 않고 하느님의 보호하에서
잘 살 수 있다고 또 생각됩니다.

입학

봄에 찾아온 추위도 아랑곳
하지 않고 많은 학부모들의 축복속에
입학식을 거행했다.
새마음으로 새로운 중학 시절을
시작하기에 앞서 또 기도를 드렸다.
큰 아이, 작은 아이의 사춘기 시절의
학교 생활을 원만하게 잘 보낼 수 있도록
도와주시라고 그리도 또 새로운 꿈으로
아름다운 문학소녀로
빛을 발할 수 있게 해 주시라고
두손 모아 기도드렸다.
글쓰기가 너무 힘들어 대를 이어 쓰게
하고 싶지 않았는데 큰 딸아이, 작은 딸아이
글쓰는 솜씨가 제법이다 싶어
뜻을 두고 관심있게 살펴보았다.
아직 사회는 어려운데 취직하기가
너무 힘들어 사년제 대학을 나와도
백수가 많다는데 아이들이 알아서 쓴다면
문학하는 길이 곧 운명이라고 생각된다면
앞길에 큰 보탬이 되고 싶다.
아이들의 교육은 하루 아침에 이루어 지는 것이 아니라
시간을 두고 오래도록 지켜보고
정성을 다해 할 생각이니 잘 따라주기 바란다.

꽃 그늘

망울 망울 매화 송이가 피었는데
한쪽 꽃 그늘 사이로 눈꽃송이가
손님이 되어 나뭇가지에 지붕 위에
운동장에 쌓여서 녹으면서 잿빛이 되었다.
아이들은 봄에 내리는 눈송이가 좋아서
눈을 맞고 이리 저리 돌아다니다가
늦은 밤에 귀가를 했다
포근히 이 밤에 내리는 하얀 눈이
세속에 물든 때를 말끔이 닦아 주는 것 같았다.
마음이 하얗게 하얗게 그렇게 쌓여갔다.
좋은 밤, 하얀 밤, 거룩한 밤
천사들이 꽃가루를 자꾸 자꾸 뿌려
하얗게 변한 밤,
아이들이 잠든 조용한 밤에
창밖에선 눈이 내리고
식탁에 앉아 이 글을 쓰노라.
사랑하는 가정 정겨운 이웃
사회는 어렵다 자꾸 자꾸 말하는데
오늘 밤은 모든 시름 잊고
꿈의 세계로 나래를 펴서
날아 보노라, 새처럼 지저귀면서.

하느님 말씀

따사로운 봄볕만큼이나
예수님은 따뜻한 분이시다.
죄를 짓고 잘못을 하여도
벌을 주시는 것이 아니라
회개하고 용서를 빌면
포근히 안아 주시면서
하느님 말씀 믿기만 하면
살아서 예수님 말씀따라
순종하고 십계명을 지키면서
살다가 예수님이 저를 부르시면
천국에서 다시 살아나는 꿈을
사랑합니다.
이것은 사람이면 누구나
한번 태어나서 한번 죽는다.
인류는 태초부터 살다가 예언자들의
예언대로 말씀이 되어 예수님이 오셨다.
인류를 구원하시기 위해 우리 죄를
대신해서 십자가에 못 박히셨다.
말씀으로 오시어 우리 가운데 살아계신
예수님의 사랑에 깊은 감동과
깊은 신앙인이 되고자 언제나 기도하는
인간으로 거듭나게 하소서.

구원

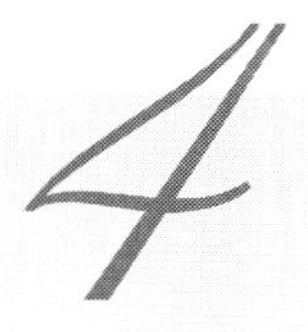

4

부활의 의미

부활은 영원한 생명의 희망이다.
예수님이 십자가에 못박혀 죽으시고
사흘만에 다시 살아나는 부활을 맞이하기 위해
십자가의 길 묵주기도 연달아 바치면서
회개와 반성의 자세로 나날이 이어진다
이젠 당신께서 고통의 십자가를 거울 삼아
모든 사람이 부활이 되어 흰옷을 입고
다시 사는 영원한 생명을 갈망하고 원하옵니다
주님 저는 당신을 목말라 합니다
당신의 진리를 배우기 위해서
그리고 당신의 삶을 조금이라도 본 받고
따르기 위해 여기 조용히 묵상합니다
사랑으로 삶을 일구어
사랑으로 모든 사람에게 베풀면서
당신의 뜻에 따라 세상 모두에게
복음을 전하고 하느님을 믿도록
전도하는 사명을 주신 주님께
겸허한 마음으로 실행할 수 있도록
도와 주소서.

구원

부활은 예수님이 십자가에 못박혀
죽은 지 사흘만에 다시 살아 나신 날입니다.
한명의 부활로 인해 모든 인간은
다시 살아나는 희망으로 구원을 받을 수 있게 되었습니다.
하느님은 그토록 인간을 사랑하셔서
당신의 아들 예수님이 말씀으로 인해 오셔서
우리 가운데 계심으로 살아 역사를 하십니다.

우리는 원죄와 본죄때문 죽을 수밖에 없는
운명에 처했습니다.
예수님은 우리의 희망입니다.
이런 구원을 받고 다시 태어난 날
그곳은 천국 입니다.
에덴의 동쪽 동산에서 쫓겨 나와
온갖 시기와 질투 죄 가운데 물들어
세상을 살다가 예수님을 모시고
우리의 삶을 바꾸고 변화시키면,
예수님을 믿고 따르면 천국에 갈 수 있다는
진리를 사랑합니다.
살아 있을 때 선하고 착하게 살다가
하느님이 부르면 "예" 하고 따라 나설 수 있는
용기와 희망을 온누리에 베푸소서.

목련의 꽃처럼

아파트 화단에 목련꽃이
봉오리를 맺고 화사하게 웃고 있었다.
맑고 깨끗한 그 자태
꽃향기가 그윽히 퍼지네.
해마다 피는 목련의 꽃처럼
이 마음도 목련을 닮아
아름다이 봄을 노래하네.
봄에 피는 꽃들이 피어나고
병원 담장에도 개나리가
노랗게 손님을 맞이하고 있었다.
하얀꽃, 노란꽃 수를 놓으며
예쁘게 자리하고서
오는 봄을 새롭게 새롭게
변하면서 가꾸어 가네
유난히 하얗고 노랗고
오손도손 봄의 무리 속에
새싹이 새록새록 자라고 있었다.
이렇게 봄은 남 모르게 왔다가
가는지도 모르게 꽃잎이 떨어지고
살짝이 가 버린다.
지난 해처럼 말이다.

마지막 만찬

예수님이 잡혀 가시기 전날 밤
포도주와 빵으로 마지막 최후의 만찬을
통해서 성체 성사를 세우셨다.
제자들의 발을 몸소 씻겨 주시고
돌아가실 때가 되었다는 것을 알려주셨다.
계절은 사월 꽃피는 꿈의 계절,
달콤한 꽃향기가 성당 뜨락에 가득히
휘날리며 미사를 보았다.
올리브 동산에서 기도를 하시다가
잡혀가 수난이 시작되었다는 것이다.
아무런 죄없이 잡혀 온갖 고난을
당하시고 돌아가시는 장면은 보지 않았지만
얼마나 참기 어렵고 힘드신 일이었는지
먼 후세 사람으로 주님을 받들어 모십니다.
내가 주님 가운데 있는 게 아니라
주님이 내 안에서 살아 계신다는 것을 믿으며
오늘도 기도하는 인간이 되게 하소서.
주님의 사랑에 무안한 감동을 받습니다.
우리를 사랑하셔서 십자가에 못박혀
우리 죄를 대신하여 돌아가신 그 크신 사랑에
말문이 막힙니다.
주여 우리를 용서하여 주소서.

봉숭아

일요일이라 늦으막이 일어나
환기를 시키려고 베란다 창문을 열었다.
그런데 아이들이 며칠전 심어놓은 봉숭아가
얼굴을 내밀고 조그마한 떡잎이 조용히
웃고 서 있었다.
너무 반가웠다.
도회지에서 구경하기 어려운 꽃이
우리 아파트 안 베란다에 심어져
자라고 있었다.
너무나 시끄러운 정치판이라
마음이 내키지 않았으나
늦은 아침을 먹고 투표를 하러 갔다.
울밑에 핀 봉숭아가 아니라
슬픈 정치 서민에게 아픔을 주는
정치가 아니라 그래도 쓸만한 인물을
우리 손으로 뽑아 살아 볼만하다는 세상
우리가 만들어 보도록 하자.
그래서 좀 웃고 살고 싶다.
이러한 것이 우리 국민들의 소망이고
바람이다.

미풍(작은 바람)

연못에 작으마한 돌 하나를 던지면
바람을 일으켜 물 바다가 퍼져 나간다.
황사 바람이 걷힌 뒤
맑고 상쾌한 공기를 마실려고
보라매 약수터를 찾았다.
개나리는 꽃이 만발하여
새순이 돋아나오고
진달래 꽃이 너무 아름답다.
이 봄날에 작은 바람이
미풍이 되어 피부에 닿는다.
새소리가 경쾌하게 들리고
날씨는 너무 좋아
봄의 한 가운데 왔다.
옅은 녹색의 옷을 입어
산의 거대한 숨소리에 호흡이 어우러져
한 폭의 동양화를 이룬다.
하늘은 맑고 새가 노래 부른다.
작은 바람이 꽃잎을 살짝 건드린다.
봄날은 평화롭고 그리고 한가운데
벌과 나비들이 날아든다.
암술과 수술들이 대화를 하고
열매 맺기 위해서 준비를 한다.

녹색의 계절

훈풍이 훈훈한 온도를 만들어
녹색 그린 색깔로 옷을 입기 시작한
가까운 산에 아름다운 내음새가 주위에 퍼져
눈을 맑게하고 영혼을 살찌우게 한다.
벤치에 앉아 아름다운 시어를 읊고
물 한 모금 마시고 경치를 둘러보매
신선 놀음이 따로 없는것 같았다.
뭉게 구름이 하늘에 떠 있고
새들은 이가지 저가지 나무에 앉아
무엇인가를 지저귀고 말하면서
오늘의 의미를 되찾고
오는 사람 가는 사람들에게 아름다운 언어로
사랑의 인사를 한다.
봄은 어느 사이 많은 봄바람과
여러가지 꽃을 피워내고
나뭇가지에는 담황색의 녹색 물결이 인다
꽃피는 사월 빛나는 꿈의 계절아,
눈물어린 무지개 계절아,
오색 찬란한 무지개 빛 아침이슬이
맑은 햇살을 받아 반짝 반짝 빛이 난다.
오~ 오 사월이여.

꽃 향기

새로이 단장한 강남 성심병원 주위 뜨락에
목련꽃 진달래 철쭉꽃이 만발하여
꽃향기로 가득하다.
그 가지를 녹색의 잎으로 가득히 채워
새로이 돋아나오고
환경이 많이 깨끗해지고
이미지가 좋아졌다.
장미 넝쿨사이로 잔듸가 깔려져
앉아서 애기도 하고
휴식을 찾기 위한 좋은 공간으로 바뀌었다
그리고 곱게 이어져 아파트 화단에
나뭇가지에도 훈풍이 날아들고
도시 교통의 찌든 공기는
보라매 공원에서 불어오는
맑은 공기로 교체되고
운동을 하고 나면 기분 좋은 하루가
일상 속에 파고 들어 보람 있는
생활, 생활이 전개된다.
이렇듯 봄은 우리 한가운데 와서
꽃을 피워내다가 아무도 모르게
가버리고 태양이 이글이글 거리는
계절이 온다.

봄 나들이

산에 많은 꽃들이 피고
초목 사이를 부는 훈풍이
기분을 상쾌하게 만드는 오월
늦게 봄나들이 한다.
사랑의 큐피터로 연못을 만들어
이리 저리 떠도는 천둥오리
비단 잉어가 가득히 물속에서 놀고
비둘기 떼가 공원의 버드나무 사이를 나른다.
버들 피리 불면서 나무에 기대어
키재기를 하고 노는 어린 아이들
연인들이 손을 잡고 데이트를 즐기곤
얘기하는 이곳이 칠년째 살지만
너무 좋아 정이 든다.
어린이들 어른들 할 것 없이
모두 쉼터로 찾는 아담한 산이
생활의 활력소가 된다.
향긋하고 해 맑은 공기
평화롭고 한가로운 정경
자유롭게 마음을 날아 다니는 날개
기분을 상쾌하게 만드는 오월
늦게 봄나들이 한다.

기억

봄비가 소리없이 대지를 적신다.
해마다 이맘때면
그 시절 그 아픈 기억이
봄비가 되어 우리 곁에 되돌아 온다.
잊을 수 없어 기억을 되새기게 하는
5월의 항쟁들 통일의 꽃으로
거듭나소서.
그때 희생된 친구 선배 후배들의 넋이
5월 하늘 아래 이젠 영혼이 떠돌지 않고
고이 눈을 감기를 바라는 마음
그들을 대변해서 쓰는 글들이
세계에서 인정 받을 수 있는 날들이
곧 찾아올 것이라는 믿음의 확신이
오늘을 사는 밑거름이 된다.
대학 캠퍼스에서
미래에 대한 희망과 꿈으로
가득하고 젊음을 꽃피우지 못하고
쓰러져 밤하늘의 별이 된 그들
반짝이는 별빛 사이로 은하수 미리내 때문
갈 수 없는 그들의 세계
이제는 그들을 향해
꿈을 이룰 수 있도록 도와 주라고 말하련다.

이슬

여기 도심 속의 한가운데
야산에서 한방울 두방울 이슬이 모여
옹달샘을 이루는데 아름다운 약수터가 되었다.
비둘기떼 나르고
그리고 오손 도손 모여서 정답게 사는
뻐꾹이, 참새떼 산새들이 요란하고
그 사이로 꽃들이 피고 잎새에
이슬이 맺혀 찬란한 빛을 발하고
채색된 푸르름이 노래를 한다.
풀빛 화음이 맺혀 가만히 이슬 방울이 되었노라.
하늘을 우러러 한점 부끄럼 없는 삶을 위해
아침에 피는 이슬을 음료로 먹고
깨끗한 일을 하면서
청렴 결백하게 살았노라.
여기 도심 속의 한 가운데
자연과 벗할 수 있어 좋았노라.
한 시인이 다녀간 자리에
풀잎이 새록새록 어린 잎이
어른 잎되고 녹색의 그림자 속에
한폭의 그림을 그리듯 그렇게 살았노라
이웃과 사랑을 나누면서
시어를 읊고 자연과 벗하면서 살았노라.

작은 시내

꿈속에 그리던 고향촌에는
맑고 고운 소리로 흐르는 작은 시내가 있다.
시냇물따라 조개도 잡고
물고기를 그물망으로 잡던 추억이 서린
맑은 시냇가에 지금은 변해 있을
고향에 가보고 싶다.
그러나 현실은 아이들을 학교에 보내고
집안 살림에 얽매여 짬을 낼 수가 없다.
실개천을 돌아 풀을 뜯던 얼룩소
초가집에서 스레트 기와 집으로
변화하던 시절 유년을 보내고 온
도회지 일상 생활 글쓰기에 지쳐
잠시 가서 쉬고픈 마음 속의 고향
그러한 꿈속의 집을 그리면서
살아가고 있다.
높은 빌딩 사이로 달리는 전철
시끄러운 시내버스 승용차 소리
도시의 소음이 마음을 피곤하게 한다
마음 속의 고향을 그리면서 떠나지 못한 것은
글쓴 이는 독자들과 부대끼고 대화하면서
살아야 하는 것이 철칙이기 때문이다.
독자들을 떠나서는 살 수 없기 때문이다.

은빛날개

별이 초롱 초롱 빛나는 밤하늘에
은빛 날개 달은 천사가 창가에 날아와
가만히 기대고 인간들의 삶을 내려다 본다.
오월은 우리가족 모두의 생일이 들어 있는 달.
올해는 이월 공달이 끼어 이러한
행운의 달이 되지 않았나 생각해 본다.
은빛 날개 달은 수호천사가
우리 가족을 지켜 주는 것 같아
여간 고맙고 감사함을 느낀다.
하느님이 보내신 수호천사의 손길 위에
신의 가호가 있기를 축원하였다.
오늘은 큰딸 아이가 태어난 날,
친구들이 찾아와 생일 축하해 주고
공놀이 하면서 놀다가 들어와
비디오를 보고 또 공놀이 하고
재미있게 놀다 헤어진 뒤
머리감고 멋을 부리는 아이들.
온 동네가 떠나 갈 듯 노래도 부르는
학교에서 합창 연습하고
늦게 귀가하는 아이들이 이젠
제법 숙녀티가 나는 어린 소녀가
됐구나, 그리고 느낀다.

현충일의 의미

나라를 위해 희생하신 가신 임의
영혼 이 세상에 떠돌지 않고 천국에서
편히 쉴 수 있도록 기도하는 시간을 갖는다.
숲이 우거져 비목에 세워진
이름 모를 용사들의 용감함도 생각해 본다.
세월이 가면 갈수록 떠올라지는
무엇으로써 애국할 수 있는가도
깊이 생각해 본다.
그러나 우리는 어려운 환란 속에 있다.
나라의 위정자는 서로 다투고
부정을 한 사람들은 다시는 하면 안된다는
모범을 보이는 새 정치인이 필요하다.
어떻게 하면 잘 할 수 있는가,
비전을 보이는 새일꾼이 뽑혔는지
17대 국회에 희망을 걸어 본다.
구청장 보궐 선거에 관심은 없지만
그래도 국민을 위해 일할 수 있는 진정한
지도자가 뽑혀지길 또 기대해 본다.
봄에서 여름으로 더워져 가는데 날씨는
일교차가 크고 낮의 길이가 긴
전형적인 기분이 좋은 상쾌한 온도이다.

한반도

매실주를 담기위해서 삼월에 꽃피워
녹색의 빛을 낸 열매를 맺은 매실을 샀다.
이 열매를 맺기까지 추운 겨울을 이기고
제일 먼저 초봄을 알리고 핀 매화를 생각해 본다.
우리나라는 삼국통일 때부터 국경선이
압록강 두만강 한반도 나라를 이루었다.
앙상한 겨울을 이기고 핀 매화처럼
우리 나라는 오랜세월 시련을 극복하고
남한은 선진국 앞에까지 와 있다.
선진국은 우리나라 전체가 가야 할
긴 행로이다.
매실주가 깊이 우러 나오면
우리 나라의 이런 이야기 저런 이야기
나누며 술잔을 기울이련다.
다른 술은 조금만 마시면 머리가 아픈데
매실주는 그렇지 않다.
사람에 약이 되는 술처럼
좋은 글을 써서 상처 받은 오늘날의 서민들에게
좋은 약이 되는 사람이 되고 싶다.

우리의 과제

하늘을 우러러 한점 부끄럼 없게
살기 위해 잎새에 이는 바람에도
괴로워 했노라.
부정 부패를 없애기 위해서 고민하면서
이러한 싯구를 생각해 본다.
우리의 과제는 영원한 평화통일이다.
비가 내린 뒤 땅이 다시 더욱 굳듯이
통일이 되어서 부강한 나라를 기대해 본다.
옛날에는 힘이 없어 남의 나라의
침략을 많이 받았지만 우리나라는
작지만 부강한 나라를 원한다.
남의 힘을 빌려 통일하려는 것이
아니라 우리의 힘을 강하게 길러
그래서 우리의 힘으로 평화통일 하자는 것이다.
그렇게 하려면 총과 칼 무기보다
더 강한 것은 통일 문학이다.
많은 사람에게 감동을 줄 수 있는
아는 것이 힘이다 같은 명언처럼 큰 위력을
발휘해 평화 통일의 원동력이 될 수 있는
민주주의에 바탕을 두고 문학을 하는 것이다.
평생 문학을 하면서 감격의 통일을
맞이 하련다.

아! 잊지 못한 6.25

6.25가 일어난 지 54년 째 되는 달,
2000년에 정상회담을 한 지 4년째 되는 달,
남북 6.15 공동선언을 기념하고 김정일의
답방을 원하면서 국제 토론 회의를 개최하였다.
42년만에 휴전선의 비방하는 선전 방송을 하지 않기로 하고
마지막 방송에 평화 화해 협력으로
전광판에 쓰고 마지막 애국가가 울려 퍼졌다.
그리고 정적이 흐르는 밤
철조망이 부서지기를 원했다.
이제는 서로를 원망하고 미워하지 않고
남북이 서로 사랑하기를 원했다
금강산 구경은 하루 당일에 할 수 있고
핵문제를 해결하면 더욱 더 우리는
가까워지고 더욱 더 도울 수 있는 길이 열릴 것이다.
남한의 우수한 두뇌와 기술력과
북한의 저렴한 노동력을 바탕으로
더욱 더 잘 사는 길이 열렸다.
우리는 서로 사랑한다,
우리는 서로 도운다,
우리는 서로 경제적인 눈부신 발전을 한다,
우리는 서로 평화적인 통일을 원한다.

뜨거운 여름날

계속 뜨겁고 더운 날이 연 이어진다.
이라크에 파병된 민간인 한 명이
희생이 되어 이슬람을 믿는 이라크 테러 집단에
많은 감정이 쌓여 있다.
이라크에 추가 군대를 파병하느냐
하지 말아야 하느냐 여론이 엇갈려
TV에서는 많은 토론이 이어진다
54년전 오늘, 우리나라에서는
전쟁이 일어 났다.
다시는 그런 비극이 일어나지 말아야겠다는
생각으로 책 읽기에 바빴다.
과거 독일은 흡수통일로 통일 비용이
너무 많이 들어가 국민들이
많은 고통을 겪었다.
그런 과정을 보아 왔기에 우리나라는
2000년 정상회담 후 많은 시간동안 교류를 거쳐
이십년이 아니라 삼십년이 지난뒤
이천 삼십년에 철조망이 부서지면
어떻겠냐고 생각하고 또 국민들에게
묻는 바이다.
그렇게 하기 위해선 가장 강하게 힘이 되는 글
즉 문을 잘 쓰기 위해 오늘도 최선의 노력을 하는 중이다.

마지막 6월

김 선일씨 장례식이 전파를 타고
안방에서 지켜보았다.
마지막 가는 6월 고인의
명복을 빌었다.
하늘은 흐리고 후덥지근한
장마철인데 오늘 고인은 땅 속에 묻혔다.
슬픈 6월, 기쁨도 6월에
찾아왔으면 좋겠다.
아픈 상처를 치유하기 위해서 말이다.
왜 남의 나라에 파병해서
죽어야만 했는가.
말문이 막힌다.
6월은 더는 더 상처를 주지 말아다오,
부디 하늘나라에서 젊음을
꽃피워다오 김 선일아.
나는 너의 이름을 이렇게 쓸 것이다.
부디 잘 가거라 안녕.

초록의 세계

내가 예수 믿고 영생 얻은 사랑의 빛
마음 속에 항상 있도다.
초록의 세계에 사랑의 빛
그 마음이 항상 존재하도다.
짙은 녹색이 장마철에도
생명의 물 항상 흡수하도다.
하늘은 흐린 잿빛 색깔로
여름에 내리는 비를 마음껏 뿌린다.
이 장마철이 지나면 한층 더위가
기승을 부리며 초록은 지치기 시작한다.
청포도가 익어가는 칠월은
어느 시인이 읊은 시어 속의 세계가 아니다.
초록 빛깔을 마음껏 뽐내며
여름의 한가운데에서 더운 열기를
품어내는 계절이다.
시원한 물줄기가 폭포를 이루어
떨어지는 달력속의 그림을 보면
어디론가 휴가를 떠나고 싶은
충동을 느낀다.
훌쩍 떠났다가 집에 돌아오면
도회지에서 시끄러운 소음과 피곤함으로
지친 심신이 다시 활력소를 찾는다.

축복

5

하늘의 영광

아담과 이브가 살았던 에덴 동산과
천국은 어떤 차이점이 있을까.
천국은 에덴 동산보다 좋은 것이다.
천국은 죽어서 하느님을 찾아가는 곳이다.
어쩌면 아담과 이브가 죄를 지었기 때문
예수님이 십자가에 못박혀 죽음으로써
우리에겐 영광스럽게 하늘나라
천국을 갈 수 있는 기회가 주어진 것이다.
하늘의 영광,
땅에는 평화를 주소서.
하느님 이로 인해
하느님의 자녀가 될 수 있었습니다.
에덴 동산에서는
창조자 하느님이라고 불렀으나
천국에서는
아버지 하느님이라고 부를 수 있게 되었습니다.
죄를 지은 것은 잘못했으나
결과는 하늘나라 천국을
영광스럽게 차지할 수 있었습니다.
세상에 무겁고 힘든 자들이여 다 내게로 오라,
회개하고 믿음으로써
천국에 도달하여 영생을 얻고 서로 사랑합시다.

축복

이제껏 하느님께서 축복을 내려주신 것은
잃었던 건강을 찾게 해주시고
그리고 덤으로 더 주신 것은 물질의 축복이다.
정신적 육체적 건강은 물론이고
하느님께서는 글을 쓸 수 있는
달란트를 어렸을 적부터 주신 것이다.
이러한 축복을 받기 위해서
먼저 하늘나라 의를 구하고
자신이 원하는 것을 기도로써
성령으로 내려 주신다는 믿음으로
확실하게 견고한 마음을 갖는 것이다.
하느님의 자녀로 세상에 태어나서
말씀으로 재무장하고
세속에 물들지 않고
하느님의 뜻에 따라 순명하며
힘들고 어려운 자 편에 서서
일할 수 있도록 도와 주소서.
그리고 주님이 데려 가신 날
천국에서 다시 새롭게 살 수 있는 것을
믿으며 선하고 착하게 살다
사랑하는 가족도 다시 만날 수 있다는 것을
진정 원하옵니다.

비오는 날 창 밖이 좋아

장마비가 연이어 내리더니
6일동안 찜통 더위가 몰려왔다.
오늘은 창 밖을 바라보니 비가 내린다
비오는 날 창 밖을 바라보는 습관이
몸에 배여 있어 너무나 좋다,
비가 언듯언듯 사선을 그으며
시원하게 물줄기를 내리듯
주룩 주룩 내린다.
가끔 천둥소리가 울리더니
비는 더욱 더 줄기가 굵어졌다.
첨벙첨벙 차가 지나가는 물장치는
소리며 관악산 아래 구름이 잿빛으로
몰려온다.
이 비 그치면 주말이 되기 전
휴가를 떠났으면 좋겠다.
가자 자연으로 심신의 피로를 풀며
추억을 새기기 위해서 남쪽으로
피서를 떠나자.
별이 쏟아지는 해변으로 가자.
음악이 컴퓨터에서 흘러나온다.
가장 더운 여름 한가운데 서서
꿈의 한조각을 날려 보낸다.

별 밤

매미 우는 소리 요란하게 들리더니
밤에는 별이 쏟아진다.
베란다에서 바라 보는 별
아이들 놀이터 벤치에서 바라보는 별
제각기 달라 별놀이에 빠진다.
북두칠성, 견우성, 직녀성, 북극성
사자자리 등등
해년마다 바라보는 별
꼭 이맘때면 그 자리에 정확히 있다.
별이 빛나는 밤
은빛 날개 달은 천사가
아이들이 새근새근 자는 창가에 앉아
하늘나라 얘기를 전한다.
꿈나라로 가기 위하여
별 초롱 초롱 반짝반짝 빛나는 눈동자로
엄마의 옛날 이야기 소리에
흠뻑 빠져 촉각을 곤두서 자
스르르 단잠에 빠져 버린
너무나 때묻지 않는 착한 아이들.
엄마는 오늘도 조용히 자는 너희들의 모습을
바라보며 이 글을 쓴다.
너무나 행복한 밤, 별이 빛나는 별밤.

이루어 질 수 없는 사랑

젊은 이십대에 완고한 아버지 때문
연애를 해보지 못했다.
이십대후반 애기 아빠를 만나
콩깍지가 무엇인지 알 수는 없으나
냉정한 판단으로 꿈을 쫓아
아빠를 선택하면서
아이들을 연년생으로 둘 낳아 기르다
이제는 큰 아이가 중학생이 되었다.
바쁘게 살다 나만의 시간이 많아지자
중년의 넉넉함으로 로맨스를 즐긴다.
그러나 너와 나는 이루어 질수 없는 사랑
현실에서 존재 할수 없는
그래서 너는 떠났다.
미련없이 너는 수도자
갈길이 멀고 험해도
나는 젊지 않는 중간만큼 젊은
그래서 사랑을 접을 수밖에 없는
현실속에 있는 남편과
아이들이 소중하다.
조용히 앉아 낙서를 즐긴다.
멀리멀리 떠난 사람
그러나 너와 나는 남남.

달무리

거실에 누워 달을 쳐다본다.
비가 오려고 하면 달주위에 달무리 핀다는
옛말을 할머니한테 들어본 기억이 난다.
달무리를 쳐다보면서 달의 정기를
흠뻑 들이마시다 뱉는다.
달아 달아 밝은 달아
이태백이 놀던 달아
팔월 한가위가 아닌데도
너무 유난히 밝은 달
서울의 밤에 밝은 달
밝은 달사이로 언뜻언뜻 별이 보이고
이틀 지나면 태풍의 간접영향으로
비가 온다는데
더위가 한풀 꺾였으면 좋겠다.
십년만에 찾아온 무더위
폭염에 지친 시민들
그런데 이밤에 거실에 누워서
쳐다본 달이 너무도 밝다.
먼곳에서 이 지구까지 반짝반짝
빛나는 별빛이 달빛이 되어
은빛으로 서울의 밤을 지켜준다.
이 아파트는 자정이 넘으면 차가움이 느껴진다.

입추

지친 풀꽃에 가을이 온다는 기미가
여기에 알알이 열매 맺히기 위해 배어있다.
호박이 주렁주렁
오이 고추가 주렁주렁
더위가 물러간다는 말복이 되기 전
가을이 온다고 알리는 입추가
뜨거운 태양볕아래 기미가 엿보인다.
더운 여름 우리 집에서는 시원한 바람이 분다.
남쪽에 문을 열어두면 맞바람이 불어
땡볕 복사열 여름의 진정한 의미를 모른다.
단지 이 태양볕 아래 과일이 익어가고
곡식이 여물어 풍요로운 가을을
가져다준다는 사실을 잊지 않고 있다.
사방에서는 도시의 시끄러운 소리
매미 우는 소리가 함께 어울려
여름의 작열한 태양볕 더위가
식혀지기 위한 한때의 소나기
더욱 더워지는 폭폭 찌는 소리가 들린다.
그런데 가을이 온다는 기미가
간혹 잎새 뒤에 숨어서 기다리고 있다.
숨을 죽이고 그 순간을 음미하고 있다.
가을이 온다는 소리 들으며 가만히 웃고 서있다.

구름 한 조각

파아란 하늘가에 걸려있는
구름 한 조각이 손짓을 한다.
막바지 여름이 가기위한 연습을 한다.
대지는 뜨겁게 호흡을 하는데
목마른 갈증을 한조각 구름이 해소를 한다.
아른아른 태양이 아스팔트를 달구니
복사가 되어 열을 다시 뿜어낸다.
나무가지에 앉아
울어대는 매미는
여름이 가기전 짝을 찾기위해
가장 아름다운 언어로 대화를 한다.
이 세월이 다가기전
언제까지 머물러다오.
태양은 뜨겁지만
여름이 다가는 것을 아쉬워 한다.
복사열이 모여서 수증기로 날아가
구름위에 머물러 있다가
비가 되어 땅에 떨어져 물이 된다.
파아란 하늘 가에 걸려있는
구름 한조각이 손짓을 한다.
여름이 가고 초가을이 오는 길목에 서서
가만히 지켜보고 감상하고 있다.

아베 마리아

온유와 화평을 주시는 분
결박을 풀어서 자유를 주시고
눈물을 닦아서 기쁨을 주시는 분
다시 만나는 자리에 초록이 짙어오네.
산들 바람이 어디메서 불어온다.
더운 열기는 어디론지 사라지고
시원한 바람이 거실을 가득히 채운다.
성모 승천 대축일 아베마리아의 여운과
우리나라 8.15 광복절을 맞이해서
하느님의 축복이 온누리에 빛을 발하소서.
얼마전 까지만해도 남북이 갈라져서
만나지 못했는데 이젠 오고가는
시대가 열렸다.
성모 마리아 어머님 내 어린 날
그 시절만큼 행복한 날이 다시는 없으리.
이제는 지나가버리는 내 어린 그 시절,
싸리 빗자루 둘러메고
살금살금 잠자리 쫓다가
얼굴이 빠알갛게 익어 들어오던 날,
그만큼 행복한 날이 다시는 없으리.

계절의 변화

코스모스 한 송이 두 송이
피어있는 하늘가에
고추 잠자리 매앰 매앰
원을 그리며 날아다닌다.
여름에서 가을로 넘어가는
계절의 변화가 서서히 일어나기 위해
가을이 되기전 더운 열기와
땡볕온도가 여름의 긴 해시계위에
가을바람이 세례를 한다.
올해의 여름은 열매가 익어가는 모습이
더욱 아름다웠고
과일의 당도가 더욱 달콤했었다.
짙은 녹색은 더이상 녹색으로부터
물이 들기위해 잠시 쉬었다가
시원한 바람이 이쪽 저쪽에서
불어오고 가을을 노래하기 시작했다.
태풍의 영향으로 간밤엔 비가 많이 내리고
온도가 떨어져 활동 하기에
편하고 알맞은 계절
구월이 오기전
더욱 햇볕을 간구하고
달콤한 미각을 음미하련다.

여름의 끝자리

꽃이 피었다가 지고
열매를 맺고 여름의 끝 가을이 온다는 처서가 지났다,
가을이 되기위하여 바람이 불어온다.
한낮에는 붉은 태양이
열매를 익히고 남국의 햇볕을 더욱 갈망한다
여름이 떠나갈 준비를 하고
끝자리에 열매가 자꾸자꾸만 익어간다
태풍 매미가 남쪽 지방에
많은 피해를 가져왔다.
떨어지고 남은 열매는 자꾸자꾸 영글어 간다.
흰구름은 언뜻언뜻 하늘에 떠있고
가을은 성큼 다가와
옥수수 고구마 등 밭에는 곡식들이
가득히 속살을 내밀며 뜨거운 태양볕아래
가을은 눈부시게 익어간다.
벼꽃은 피어 열매가 되고
참새의 노래에 허수아비 춤을 추고
가을은 그림을 그리듯
코발트 색깔로 번져가는 그 아래
코스모스가 하늘하늘 거리며
가만히 서있다.
가을의 멋이 그대로 배어있다.

아~ 가을인가?

갈바람이 스쳐간 길섶에 피어있는 들꽃
자신의 꽃이 피는 것조차
의식하지 않은채 온힘을 다해 피어나고
우연히 마주친 누군가에 기쁨과
위로를 주며 여한 없이 쓰러져가는 작은 꽃들
내가 지칠때 가까이 오시는
아주 지칠때 더 가까이 오시는
견디다 쓰러질때 받아 안아주시는
아~ 가을인가?
주님이 가을에 시를 쓸 수 있는
아름다운 눈을 주심에 감사합니다.
길섶에 꽃한송이가 그렇게 소중할 수 없습니다.
나의 정신을 일깨우고
소중한 나 자신의 의식속에
울부짖고 있는 통일의 꽃으로
거듭나고 싶습니다.
갈바람이 스쳐지나간 들녘에
누군가 아랑곳 하지않고 피어있는 들꽃
그의 의지력을 굳건히 세우고
누가 돌보지 않아도 은은하게 향기를
들녘에 가득히 날리는 그러한 꽃으로
거듭나고 싶습니다.

기도

사랑의 순간을 위해
기도했나요.
오늘 받을 은총위해
기도했나요.
가을날 따사로이 내리쪼이는
햇볕과 같은 사랑을 위해
기도했나요.
기도는 우리의 안식
빛으로 인도하시는 주님
오곡백과가 익어가는 결실위해
기도합니다.
오늘 집을 나서기전
누구를 만나든지
주님을 위해
내려주실 은총 은혜 받을
준비위해 기도합니다.
사랑의 샘물 넘쳐 흐르도록
은혜 주심에 감사합니다.
세상에 태어나 주님
만나게 해주심에 감사합니다.
은혜로히 은혜로히 내려주시는
일용할 양식에 감사합니다, 하느님!

가을하늘

가을비가 내린 뒤
맑고 높은 청명한 가을하늘이
베란다 앞에 광활하게 펼쳐진다.
그아래 내리 비추이는 가을햇살
관악산의 초록의 빛깔
물이 들기전의 가을바람에
마음껏 노래 부른다.
예전에는 비행기가 많이
날아 다녔는데 인천 국제 공항이
개항한 뒤부터 가끔 이따금씩
비행기가 눈에 뜨인다.
구름이 조금씩 군데군데 떠있고
간밤에 비가 내리더니
시원하면서 상쾌한 바람이
기분좋게 만들고
예년의 가을처럼
가을은 풍성함과 넉넉함이
한꺼번에 몰려 왔다.
아스팔트 길을 걸어서
은행에 나들이를 한 뒤
집안일을 하고 가을의 한때
은은한 커피 한 잔과 낭만을 즐긴다.

결실

추석이 가까워 온다
많은 햇과일과 햇열매들
추수 감사절 같은 대명절
결실들을 상에 올리기 위해
여기저기 큰 시장을 둘러본다.
자연의 피해를 입고도
살아남은 열매들은
알곡으로 영글어 가을의 알찬 의미를
다시 되새기게 한다.
가을비가 또다시 내리면서
낮에 잠시 무더웠던 열기를
시원하고 서늘한 전형적인 가을 날씨가 진행되고
맑고 청아한 서울 거리가
눈앞에 펼쳐진다.
아파트 화단에 녹색잎으로
장식하더니 가을 국화를 피우기 위해
꽃망울이 맺히기 시작했다.
아름다운 열매와 함께
가을은 깊어만 간다.
아~ 이가을에 기도하는 두 손 위에
많은 축복을 내려 주옵소서.

가을 여행

친정 작은 아버지가 경기도에 이사를 와
처음으로 명절이 되어서 전철을 타고
가을 여행을 한다.
수원만 가더라도 빈 공간이 많아
야산도 있고 농사짓는 농지터도 있었다.
서울에서만 살다 마음이 트이는 곳으로
소풍을 가니 너무 기분이 좋았다
작은 아버지 작은 엄마 사촌동생들
우리 네 식구 앉아서 몇 년만에
밥을 먹는데 이런 이야기 저런 이야기
하다가 솔잎차를 얻어
전철을 타고 벼가 누렇게 익은
가을의 노을을 보며 집으로 향했다.
솔잎차를 끓여 연휴 마지막일
밤하늘의 별을 보며 이 글을 쓴다.
솔잎은 향기가 너무 진하고 좋다.
이슬만 먹고 늘 푸른 솔잎
나는 솔잎처럼 살리라.
국가의 녹봉으로
항상 배가 고팠던 공무원 시절
공무원 4급 국장으로 정년 퇴직후
청렴결백하게 살아온 작은 아버지를 존경한다.

가을 스케치

가을 빛이 너무 좋아
가을 스케치 한다.
단풍으로 물이 들어가는 모습을
수채화로 담아 보고 싶어서
보라매 약수터에 앉아
가을 스케치 한다.
인적이 끊이지 않고
오고가는 뭇 사람들의 얼굴이
가을빛이 되어 변해가는 모습을
가을 스케치 한다.
강남 성심병원 아저씨들이
은행을 털어서 주어 모은다.
가을 스케치에 잘 어울리는 빛깔이다.
빗자루로 쓸어모은 은행잎이
아직은 녹색이 섞인 노란빛이다.
한 잎 두 잎 주워서 향기를 맡는다.
가을빛이 너무 좋아
가을잎을 한 잎 두 잎 모아
책장 갈피에 수를 놓아 간직한다.
몇년전 똑같이 갈피에 꽂아놓은
나뭇잎이 가을빛이 되어 또렷하게
색상이 살아 있다.

국화 향기 맡으며

뜨락에 핀 실국화의 향기가
바람에 흩날립니다.
한송이의 국화를 피우기 위해
그렇게도 고통과 인내를
하며 살아야 하고
그 향기를 맡으며 먼 옛날의 추억을
떠올립니다.
가난이 아름다웠던 시절,
국화 꽃잎을 따서 술을 담그는
그러한 멋이 있었기에
오늘의 인내를 견뎌 슬기를 피워낸 꽃들이
자랑스럽습니다.
바람이 스산하게 부는데
바람결에 흔들리는 꽃잎들이
노랗게 하얗게 부서집니다.
이 가을에 국화 향기 맡으며
머나먼 고향에서의 친구들
소식이 궁금하여
그리움에 목이 매여
여기 백지위에 알알이 쓰여집니다.
뜨락에 핀 실국화의 향기가
바람에 흩날립니다.

가을 잎새에 달이 지는데

울긋불긋 단풍이 물이 드는데
어디에서 들려오는 소리인가,
어디에서 나오는 향기인가.
샘물 넘쳐 흐르는 환희
가랑잎 떨어지는 소리 들으며
이 거리를 걷노라.
물소리 새들이 지저귀는 소리
마음속에 대화하는 소리
그사이 가을 잎새에 달이 지는데,
맑고 높은 하늘
그 아래 단풍으로 수를 놓으며 물이 드는데,
가을산 가을 하늘
가을 잎새에 달이 지는데,
이 도시에서는
기러기를 볼 수 없다.
달 밝은 밤에
기러기들이 기역자를 그리며
가을밤을 날으며 꿈꾸는
그러기에 추억속에 존재하는
유년시절 고향의 밤하늘이
그리웁다.
가을 잎새에 달이 지는데.

대림축제

축복을 한없이 내려 주시는 하느님
중학생을 둔 엄마로써
처음 참석하여
아이들 선생님 엄마들 서로 화합하여
아름다운 하모니를 이룬 대림축제
축복이 온가정에 학교에
충만하길 그리고 노력을 하고
기도함으로써 인간 관계를 원만히 하고
서로서로 사랑하여
아름다운 사회를 이룰 수 있도록
이끌어 주소서.
꿈을 펼쳐라.
사춘기 시절의 원대한 꿈을 온세계에
펼칠 수 있도록 환경과 기회를 최대한
제공하면서 21세기의 주역이 될 수 있도록
갈고 다듬에 반짝이는 보석이 되어
사회를 아름답게 만들어다오.
네꿈을 멋있게 세계에 펼쳐라.
하늘에서 내려오는 축하 메세지
너희들의 앞날에 무궁한 발전과
찬란한 미래가 보장되리라.
아름답게 인생을 살아갈 밑거름이 되리라.

아가페

6

낙엽과 함께

가랑잎 지는 낙엽철이
우리 가까이에 왔다.
낙엽과 함께 하기 위해
보라매 야산 약수터를 오른다.
벤치에 앉아 떨어지는
낙엽과 함께 가을을 감상한다.
늦가을의 정취에 푹 빠져
낙엽 하나에 향기 맡고
낙엽 둘에 먼 옛날에 추억을 부른다.
가랑잎 색깔의 바바리를 입고
목도리를 두르고 거리를 다니다가
커피숍에 앉아 커피향기를 맡는다.
서점에서 시집 한 권을 사고
시를 읽다가 도서관에 들른다.
올해의 목표는 국회도서관에
취업을 하는 것이다.
떨어지는 낙엽을 바라보며
허전함보다는 다시 꿈을 심는다.
떨어지는 낙엽은 다시 걸음이 되어
찬란한 봄을 기약한다.
찬란한 봄을 위하여 나는 오늘 또
시어 한 줄을 읽는다.

신적인 무조건 사랑

하느님은 사람들을 무조건 사랑하신다.
잘못하여 죄를 지었건 그렇지 않았건
하느님은 우리 인간을 창조하셨다.
죄를 지어 지구로 쫓겨와
온갖 고통속에 신음하고 살았지만
예수님을 보내시어
무조건적인 사랑을 보이셨다.
죄로 인해 죽을 수밖에 없는 인간들을
구원의 길로 인도하셨다.
하느님의 거룩하고 크신 사랑에
감사와 더불어
더욱 사랑으로 이웃과 널리 인류사회에
공헌할 수 있다면 작은 힘이나
이끌어 주소서.
그리고 세계를 위해
기도하여 복음을 이땅끝까지
전할 수 있도록 힘과 용기를 주소서.
낙엽지는 이가을에
하느님을 생각하게 하고
사랑하는 마음을 심어주심에
더욱 감사합니다.
예수님은 사랑이십니다.

복음 담아 세상으로

맑은 눈에 비추이는 세상은
참으로 아름답습니다.
세속에 찌든 마음을
말끔히 씻고 예수님을 받아
영접하고 나가는 세상은
참으로 아름답습니다.
복음 담아 세상으로 나가
담대하게 맞서 싸워 이겨라.
복음 담아 세상으로 나가
널리 전하여라.
은행나무 곰밤나무 모두
단풍이 노랗게 갈색으로
물이 들어 떨어지는 잎새를 보며
하느님이 주신 세상은
정말 놀랍고 신기합니다.
하늘은 맑고 청량합니다.
복음을 전파하기 위해
하느님 말씀으로 무장하고 세상을 바라보니
참으로 아름답습니다.
참으로 따뜻합니다.
맑은 유리창 너머 바라보는 세상은
태양빛으로 모두를 비추입니다.

갈대숲에서

밭에는 가을 걷이가 끝난
텅빈 들녘 공허감을 뒤로한 배경으로
갈대숲이 어울린 작으마한 산을
마음속에서 찾아 봅니다.
흰구름이 떠가고
갈대가 가을바람에 흔들립니다.
낙엽이 우수수 떨어지면
한 해가 얼마 남지 않은
아쉬움 서운함
이만큼 나이가 더해가는구나.
그러나 아직 많은 날이 남아있는 지금
무엇을 할 것인가?
간구하고 바라는 그 무엇이
오늘도 백지위에 뭍 이야기가
쓰여져 내려 가노라.
가을 바람에 한없이 흔들리는
갈대 무리를 보며
사람도 갈대처럼
생각이 이리 흔들리고 저리 흔들리고
사람은 생각하는 갈대이다.
많은 생각에 생각을 거듭하다,
만물의 창조자 주 하느님을 경배하게 하소서.

가을비가 내리는데

아침부터 흐리더니 비가 내린다
낙엽이 떨어져
그위에 촉촉히 가을비를 뿌린다.
비오는 날 창밖의 세상을
바라보는 습관이
나의 마음을 깨끗이 씻고
정화시키기 위해서이다
소리없이 가을비가 내리는데
이비 그치면
겨울을 향하여 문에 들어서려고
발돋움하겠지.
땅에 떨어진 낙엽은
빗물과 동시에 사람들의 발걸음에
차이고 밟혀져
낙엽의 인생을 마감한다.
쓸쓸이 돌아누운 낙엽은
청소부 미화원 아저씨들의 손에 의해
쓸어 모아져 태워진다.
꿈과 소망을 모아
먼 미래를 기약하면서
이야기 꽃을 피운다.
커피 한 잔의 낭만을 싣고.

가로수

비바람에 낙엽이 떨어진 뒤
가로수 나무들은 여러 가지 가지들이
앙상하게 남아 춤을 춘다.
마법에 신이 난 듯
이리 흔들리고 저리 흔들리고
겨울을 부른다.
마지막 가는 가을이 아쉬워
밤새 가로등이 불을 밝힌다.
조용한 밤이었어요.
너무나 조용한 밤
가로수는 숨을 몰아쉬며
조용히 가을을 떠나 보냈다.
수능시험을 보는 학생들은
가로수를 걸으며 흩어진다
예년의 날씨처럼
춥지 않는 가을의 맨 끝자리에 서서
낙엽들을 떠나 보내고
쓸쓸이 가로수 길을 거닌다.
가로등이 가로수 길을 비추고
이 시대를 열고 갈 주인공으로
자꾸자꾸 커가는 아이들의 키처럼
가로수는 끝없이 높고 가지런하다.

겨울의 길목에서

성서학적으로 마지막 한해를 보내고
대림 시기를 맞이해서
하느님의 외아들이
사람이 되어 오시는
아기 예수님 탄생을 기다립니다.
어둠의 빛으로 오시는 이여,
빛으로 오시어 말씀하시는 이여,
빛 한줄기 말씀 한마디
내 안에 눈물
내 안에 기쁨입니다.
성당 뜰안에 스산하게 부는 바람이여,
낙엽이 쓸쓸이 떨어져
차곡차곡 쌓이는 마음이여,
성서의 목적과 열매는
영원한 행복의 충만을 얻는 것입니다.
영원한 생명의 말씀이
쓰여진 책을 가까이 보면서
그 영원한 생명 안에서
모든 것을 보고 사랑하며
또 우리의 온갖 갈망이
충족될 것입니다.
온누리에 비추시는 내 영혼의 평화!

부산행

겨울비가 내리는 초겨울
새벽부터 겨울 여행을 즐기기 위해
고속 열차에 몸을 실었다.
짧은 시간에 부산에 도착했다.
일행이 아침을 간단히 먹고
우산을 들고 태종대 세종대
유람선을 타고 바닷가에 떠올랐다.
우산속에 부부가 나란히 걸으면서
택시를 타고 송도 해수욕장으로 향했다.
이층에 바다와 갈매기가 보이는
방을 얻고 바닷가에서 배어 나오는
비린내음새 가득한 회 두 접시
매운탕 여러 가지 먹거리 등등
자갈치 시장에 들러 오징어 멸치 등
여러가지 구경하고 시장을 보면서
시간을 지키기 위해 저녁으로
설렁탕을 먹고 부산역에
고속 열차를 삼십분 기다렸다.
밤사이 비는 그치고 하루코스에
부산을 다녀왔다.
이젠 중부 남부 지방은 하루에 걸쳐
여행을 할 수 있는 일일 생활권으로 바뀌었다.

밤야경

예수님 빛이 어둠을 물리치고
찬란한 빛으로 승화시키는 장미주일
예수님 오시기를 기다리면서
미사를 보고 베란다에서 내려다보이는 밤야경
언제나 바라보는 전경이지만
이한밤 불빛이 밝게 비추이는 것은
예수님이 광명의 빛으로 이세상에
오신다는 사실이다.
외로움과 생활고에 지친 자들이여,
여기 주님의 집에 와 무거운 짐벗고
편히 거하여 쉬소서.
현실이 그대를 속일지라도
광명의 빛으로 오시는 주님께서
안아주시고 위안을 주시어
이세상에서 얻지 못한 것들을
주님께서 알아서 채워 주신다는 것을
기도로써 축복 주심을 깨닫고
자신과 가정을 위하여, 이웃을 위하여, 나라를 위하여
널리 세계인류를 위해
기도하게 하소서.
온누리에 비추이는 밝은 빛으로
우리 곁에 계시옵소서.

축하의 메시지

하늘에는 영광
땅에는 평화
하느님을 믿는 모든 백성에게
만인의 왕이신 예수님께서
축하의 메시지를 온 세상에 흩뿌린다.
날개달은 수호천사가 내려와
자신을 지켜주는
이 험한 세상을 살아가는 힘이 된다.
우리 주위의 어려운 이웃에게
선행을 하면서 오시는 주님을
기쁘게 맞이하기 위해서 준비를 한다.
사랑의 주님
당신이 광명의 빛으로 오시어
온세상을 밝혀주시는
거룩한 성자의 손길위에
한없는 축복과 평화 화해속에
예수님 탄생을 기리는
아름다운 마음을 주소서.
당신의 위대하고 따뜻한 사랑을
온누리에 은혜로이 비추어 주소서.
사랑의 주님,
진정코 사랑합니다.

기쁨의 선물

창밖을 보라 창밖을 보라
흰눈이 내린다 캐롤송과 같이
멋있는 화이트 크리스마스를 기대하면서
선물로 용산 전자 상가에서
MP3 두 개를 각각 사서
아이들에게 선물을 했다.
좀더 좋은 세상 좀더 질이 높은
하고 싶은 일을 맘껏 할 수 있는 세상이
오라고 또 기도를 했다.
내년에는 경제사정이 더 나빠질 것이라는
예상이 경제 뉴스에 보도된다.
계속 몇일째 포근하기만 하던 겨울날씨가
조금 추운 크리스마스 이브 전날밤이다.
아이들은 컴퓨터에서 MP3에 녹음하고
음악을 들으며 즐거워 하고 있는
평화스러운 우리집의 전경이다.
기쁘다 구주 오셨네,
만백성이 기다리는
성탄절이 내일이다.
오늘은 오늘 일만 생각하고
내일은 찬란한 태양이 떠오를 것이라고
긍정적인 생각으로 오늘을 마감한다.

연말의 풍경

거리마다 사람들이 연말 휴가를 기대하면서
기쁜 표정 슬픈 표정이 교차하면서
한해가 다해감을 서운해 한다.
나무들은 앙상한 가지만 남아
겨울에 피는 하얀 눈꽃송이도
기다려 본다.
이젠 사십을 넘어
우리나라 나이로 마흔 여섯이라는
중년의 넉넉함과 로맨스 어린
사랑도 기대해 보지만
이젠 사랑의 불꽃 피울 수 없는
두 아이의 엄마이다.
거리마다 선물꾸러미를 든 사람
또 어두운 그림자를 지우며
지나치는 사람들에게
연민의 정이 흐르며 또 나는 느낀다.
올 한해에도
힘들고 지친 사람들의 외침이라는 것을.
온국민들
올해에도 수고하셨습니다.
위로에 말씀을 이렇게 쓸 수 있다는 것을
새삼 감사하고 또 느낍니다.

한해를 맞이해서

유난히 경제가 최악의 경우인
새해를 맞이해서
지난 연말 지진해일로 천재재앙을 당한
인도, 태국, 인도네시아, 스리랑카 등
우리나라 사람들도 신혼여행지에서
생긴일로 충격을 받은 사람들이 많았다.
인명피해만 해도 십오만 명이 넘는다.
어려운 한해를 맞이해서
하느님께서 이 난국을 슬기롭게
이겨 나갈 수 있는 힘 주시라고
또 기도를 했다.
매양 맞이하는 새해지만
따뜻한 마음으로 이웃을 돌아볼 수
있는 여유를 달라고
어려우면 어려울수록 나눔의 양식에
기뻐할 수 있도록 마음을 어질게
또 맑고 고운 마음의 소유자가
될 수 있도록 해달라고 하느님께 청했다.
이 한해에도
건강한 정신에 건강한 육체를 가지고
열심히 살아갈 수 있는 힘과 용기
은혜 은총 주시라고 조용히 기도했다.

기쁨과 즐거움

모든 일에 기뻐하고 즐거워하라.
항상 범사에 감사하라.
을유년 새해를 이러한 마음으로
맞이할 수 있도록
하느님을 더욱 가까이에서 만날 수 있도록
저에게 믿음을 강하게 심어주소서.
눈발이 섞여서 강한 바람이 불더니
오늘은 바람이 잠잠해졌지만
추운 겨울 날씨입니다.
영원한 생명과 진리의 원천이신 하느님
가정은 하느님께서 주신 선물입니다.
주님 세례 축일을 맞이 함으로써
물로 세례받아 원죄 본죄를 사함받고
깨끗한 영혼으로 하늘나라에
도달할 수 있도록 나만의 구원이 아니라
우리 가족 전부가 갈 수 있도록
하느님께서 이끌어주시고 도와주소서.
그리스도이신 주님이
성모 마리아를 통해 세상에 탄생하셨지만
만일 내 마음에 다시 태어나지 않으신다면
무슨 소용이 있을까요, 주님!
내마음에 우리 가정에 오소서!

내일을 향해

내일 일은 난몰라요
하루하루 살아요
요행이나 모든 일도 내뜻대로 못해요
그렇지만 내일을 향해
천국가는 그날까지
기도하면서 순종하고 살아요
절망의 멍에를 벗겨주시고
외로움의 신음 달래 주시며
혼자일 때 친구되어 다가오는 이
나도 처음에는 누구인지 몰랐어요
꿈과 희망을 한 아름
안겨다 주시는 그 분
노벨상의 꿈보다 더욱 좋아지고 따뜻하게
대해 주시는 그 분
정말 좋아해요 사랑해요
세상의 죄를 치워 없애는 희생양
하느님의 어린 양
오늘 하루를 우러러
하느님 섬기며 글을 쓰며 살아요
천국가는 그날까지
기도하면서 순종하고 살아요
내일을 향해 꿈과 희망으로 살아요.

밤 하늘

별 빛이 안개처럼 쏟아지는 겨울 밤하늘
겨울 강가의 수은등 아래를 걸으며
그대는 생각해 보았는가.
생은 밤을 가르며 지나가는
밤속의 지하철인 것을
휘황하게 불을 켠 채로
어둠을 쪼개며 유성처럼
흘러가는 긴 전철을 그대는 보았는가.
새벽이 오기까지
짙은 검은색으로 까만 밤을
하얗게 지새우며
밤하늘에 떠 있는 별빛
그 별빛 사이로 흐르는 미리내
맑은 시내가 흐르는 것처럼
견우와 직녀가 만나지 못해
애태우며 일 년에 한번 만나는
그날을 기다리며 슬프게 반짝이는
그러한 아름다운 전설을 간직하며
커 온 우리네들.
도회지에서 바라보는 밤하늘
오늘따라 약간의 눈을 뿌리며 찾아온 추위
너무나 아름다운 우리의 삶을
맑고 고운 눈망울 속으로 아련히….

겨울 나무

눈은 내리지 않았으나 추위는 가고
포근한 겨울 날씨가 계속된다.
나무야 나무야 겨울 나무야,
무엇을 기다리며 세찬 바람과
혹독한 추위를 이기느냐.
묵은 해는 가고 찬란한 새해가
밝아 정월을 보내기 위해
이렇게 오손 도손 정겨웁게
이야기 나누며 머리를 부대끼며
웃고 서 있지 않느냐.
짙은 고동 색깔을 하고서
굳세게 앙상한 가지들의
회오리 바람을 이기며
내년에 꽃피울 봄 날을 생각하면서
오늘의 추위를 이기는
은근과 끈기 인내의 정신
한 해 두 해 나이테가 새겨지는
갈수록 강인하게 자랄 수 있도록
도와주시라고 기도를 하는구나.
나무야 나무야 겨울 나무야
무엇을 기다이며 세찬 바람과
혹독한 추위를 이기느냐.

봄을 기다리며

대학 시험이 끝난 학생들이
축하하기 위해서
봄을 기다리는 마음으로
정월이 지나갈 무렵
토요일 밤의 열기와 함께
공연을 열었다.
하느님 예수님을 사랑하는
마음과 함께 그 순간이
너무나 행복했다.
오랫만에 어렸을 적 아가씨
시절로 돌아가 손뼉치며
즐거운 한 때를 호흡하며 보냈다.
봄을 알리는 입춘이 며칠 남았는데
봄을 기다리기에는 아직 추운 겨울이네요.
이 추위가 지나면 한 발자국
두 발자국 봄을 가까이에서
느끼고 싶네요.
몇번이고 얼었다 녹은 땅속에서의
고난을 꽃피울 그날을 기다리며
참고 또 견뎌온 시간들을 생각합니다.
하느님 이 고난이 있기에
봄이 참으로 찬란하지 않습니까?

구정

내가 당신께 하고 싶은 말은
너무 부끄러워 들리지도 않고
당신께 간절히 바라는 것은
두려워 한없이 생각이 자꾸 엉켜지는 것이다.
항상 이 맘 때면
맞이하는 설날이지만
스산하게 지나치는 바람처럼
우리도 우리 가족과 함께
그렇게 따뜻한 명절을 보낼 것이다.
시장에서는 높은 물가고로
사람들이 신음하지만
구정이라 이것 저것 사면서
희망을 갖자는 것이다.
이 추운 겨울이 지나면
따스한 봄이 온다는 진리를
잊지 말고 참고 견뎌나가는 것이다.
마음이 가난한 사람은
아무것도 더 바라지 않고
아무것도 더 알려고 하지 않고
아무것도 더 가지려 하지 않는 사람이다.
욕망과 지식과 소유로부터
자유로운 사람이다.

성령이여!

오소서, 성령님!
우리 가운데 제일 외로운 이에게 오시어
뜨거운 평화로 위로해 주소서!
오소서, 성령님!
우리 가운데 제일 차가운 이에게 오시어
뜨거운 눈물로 눈 뜨게 하소서!
오소서, 성령님!
우리 가운데 제일 높은 이에게 오시어
뜨거운 불길로 엎드리게 하소서!
오소서, 성령님!
당신의 빛 그 빛살을 하늘에서 내리소서!
지복의 빛이시여, 저희맘 깊은 곳을 가득히 채우소서!
오소서, 성령님!
가장 좋은 위로자 영혼의 기쁜 손님
일할 때에 휴식을 무더울 때 바람을 주소서!
오소서, 성령님!
허물은 씻어 주고 찬 마음 데우시고 바른길 이끄소서!
오소서, 성령님!
성령님을 믿으며 의지하는 이에게 복을 베푸소서!
공덕을 쌓게 하고 구원의 문을 넘어
영혼의 복을 얻게 하소서!

밝아 오는 태양은 찬란히 온 세계를 비추고

2008년 01월 25일 초판인쇄
2008년 01월 31일 초판발행

지은이 : 김 영 임
펴낸이 : 이 혜 숙
펴낸곳 : 도서출판 신세림
100-015 서울특별시 중구 충무로5가 19-9 부성B/D 702호
등록일 : 1991. 12. 24
등록번호 : 제2-1298호
전화 : 02-2264-1972
팩스 : 02-2264-1973
E-mail : shinselim@chollian.net

정가 10,000원

ISBN 89-5800-064-3, 03810

* 잘못된 책은 구입하신 서점에서 바꾸어 드립니다.